春龍街のあやかし謎解き美術商
謎が解けない店主の臨時助手始めました

雨宮いろり Irori Amemiya

アルファポリス文庫

https://www.alphapolis.co.jp/

第一章　ガラスの金色魚《こんじきうお》

終電まではあと三分、駅まで走れば二分半。

残業後の体に鞭《むち》打って、地下鉄のホームに駆け込んだ。

「はあ……。間に合った、かな」

ちょうどやってきた車両に乗り込むが、私以外の乗客はおらず、そういえば今日は土曜日だったと今更ながらに思い出す。

「何が悲しくて、休日出勤の日に限界まで残業なんかしなきゃいけないの……」

社員証を首からぶら下げたまま、地下鉄の座席にずるずると体を預ける。終電が静かに発車した。

私は常盤《ときわ》ちづる、二十四歳。メーカーの事務職をやっていて、書類作成や発注がメインの業務だ。

今日も休日出勤と深夜残業のダブルコンボを撃退してきた、典型的なサラリーマンである。

誰もいない車両で、つり革だけが規則的に揺れている。それを見ていると、気の抜けた体から、我慢していたため息がふうっとこぼれた。

その拍子に、昨日の定時に上司から言われた言葉を思い出してしまう。

『ほら、常盤さんはマクロとか組めるし』

そうしてどっさり与えられた仕事を片付けるために、私は休日出勤と深夜残業を余儀なくされたのだ！

ふつふつと怒りが込み上げてくる。

「マクロとか組めるし、って何。それで仕事を私だけに押し付けてりゃ世話ないわよね。大体仕事の早い人間にばっかり仕事が集まる仕組みってどうなの？　給料同じなのに、私だけ大量に仕事してるじゃん！」

先輩はろくに面倒を見てくれないし、上司もあんな言葉で仕事を追加してくるくらいなので、私の業務量を管理する気がまるでない。

なんか、私の人生こんなのばっかりだ。会社に限った話じゃない、高校も大学も、いつも誰かの仕事を肩代わりしていたような気がする。

「あー疲れた、このまま家まで瞬間移動したい。お風呂もメイク落としもドライヤーも全部終わらせた状態で、お布団に入りたい……」

それで泥のように眠りたい。

そうでもしないと、見ないようにしていた他人の本音を、まざまざと思い知らされてしまうから。

『ほら、常盤さんはマクロとか組めるし』

（文句も言わずに雑務をやるからほんと助かるよ。扱いやすいし、いつも残業してるってことは、彼氏もいないみたいだし。仕事以外に生きがいとかなさそう）

腹の奥で、苛立ちと悲しみが渦巻いているのを感じる。

扱いやすいと思われていることより、仕事以外に生きがいとかなさそう、なんて思われていることの方がショックだった。

「……彼氏がいないイコール仕事以外に生きがいがない、ってことになるわけ？」

上司の名誉のために言うと、彼は一言もそんなことを口にしていない。

でも私には、見えてしまうし、聞こえてしまうのだ。

人の本音、本心、ほんとうが、頭上にポップアップみたいに浮かび上がって、その人の声で読み上げられる。

もちろん普段はコントロールして、見ないようにしている。

けれど疲れていたり、油断していたり、あるいは相手の感情が強すぎたりすると、他人の本音は、ぞっとするほど容易《たやす》く私の心に入り込んでくる。

「はぁ……」

長いため息が漏れる。いけない、疲れている時は思考がマイナスループに入る。

こういう時は早く家に帰って、温かいものを食べるに限る。

ああでも、うちに食べるもの、あったっけ……

「ありゃ、ないなあ」

私以外誰もいないと思っていた車両に、のんびりとした男性の声が響く。

見れば、乗車扉の前でごそごそとトランクを漁っている男性の姿があった。

年齢は二十代後半くらい。乗車扉より十センチは高い背丈に、少し長めの黒髪天パ。抜けるように白い肌に小さな顔、比較的大きな目と彫りの深い顔立ちは、イケメンと称して差し支えないだろう。

ひょろっとした細身の体を包んでいるのは、刺繍《ししゅう》の入った中華風の衣《ころも》で、その上に焦げ茶色の薄い羽織を重ねている。

「うーん、落っことしちゃったかねえ。鍵」

それ、なくしたら地味に困るやつでは。

男性はきょろきょろと辺りを見回す。片眼鏡――モノクルっていうんだろうか、それを右目につけていて、なんというか、胡散臭《うさんくさ》い中華風マジシャンといった感じだ。

関わらないに越したことはない、そう思うのだけれど、つい観察してしまう。なんだかその男性には目を引く雰囲気があった。

「まあいいか。地図を見ればいいことだし」

言うなり男性は懐《ふところ》から一枚の板を取り出した。銀色に輝くそれは、スマホではなさそうだった。

彼はそれを上下左右に傾けてから、思い切り自分の首を傾げた。

そうしてやけに素早く顔を上げる。しまった、目が合った。

男性はにこーっと笑うと、音もなくこちらに近づいてきた。まずい。

「やあやあ同胞さん！　しかも相当レアな同胞さんと見たが、こんなところで会うなんて奇遇だねえ！」

「ど、同胞？」

「だって君も今から帰るんだろ、春龍街《しゅんりゅうがい》へ！」

春龍街《しゅんりゅうがい》。

それは、あやかしたちが住まう世界のことだ。というと、なんだか物珍しい印象を受けるかもしれないが、届け出を出せば人間でも普通に行き来できる、ちょっとした観光地のような場所である。

そこに帰るということは、この男性は、あやかしなのだろうか？

「ここで会ったのも何かの縁。ここは一つ、共に帰還を果たそうじゃあないか！」

「お断りします。私、春龍街《しゅんりゅうがい》の住人じゃないんで」

「またまた〜！　そんな立派な『麒麟眼《きりんがん》』があるのに、純人間ってことはないでしょ。あやかしの血が入っているんじゃないの」

「……私が麒麟眼《きりんがん》を持ってるって、どうして分かったんですか」

麒麟眼《きりんがん》。忌々《いまいま》しい本音を見せてくる、私の力の名だ。

それを持っていることは、私だけの秘密なのに。どうしてこの人には分かってしまったんだろう。

「あやかしにとって麒麟眼《きりんがん》は、きらきら輝く北極星のようなもの。すぐに分かるよ」

男性はぐいっと私の手を引く。足を踏ん張って抵抗しようとしても、呆気《あっけ》なく引き寄せられる。

立ち上がってみると、男性は私よりかなり背が高かった。

けれど不思議と威圧感はない。

長い前髪を透かして、とび色の目が、検分するように私を見つめてくる。

「ああでも、確かに人間社会で働いているみたいだね。常盤ちづるさん」

「どうして私の名前を……！」

男性は苦笑して、私の胸にぶら下がっている社員証を指さす。

——なるほど。不用心だったのは認めよう。慌てて社員証を鞄にしまう。

「ま、君が誰でもいいけど、麒麟眼《きりんがん》ならちょうどいいや。この地図、読んでほしいんだけど」

「お断りします。麒麟眼《きりんがん》を使うのは控えているので」

「真面目だねえ」

からかうような口調にイラッとしながら顔をそむけると、男性は私の横の席にどかりと座った。面白そうに私のことを観察している。

「麒麟眼《きりんがん》を持った子が人間社会にいたなんて、びっくりだ！　でもなかなか大変じゃないかい？　人間は本音を隠す術《すべ》なんか使えないから、色々とだだ漏れだろう」

知ったような口をきかれて、思わず言い返す。

「あなたには関係ないでしょ」

「まあまあ。さっきも言っただろう、ここで会ったのも何かの縁って」

男性は私をぐいっと引き寄せると、先ほど見ていた銀色の板を握らせた。

名刺より少し大きいくらいの銀色の板から、薄紫色の光がぽうっと立ち上《のぼ》り、何かを形作る。

浮かび上がったのは睡蓮《すいれん》の花。その花は、艶《あで》やかに光り輝いて私の前に道を示す。

「すごい、これって……！」

「君の麒麟眼《きりんがん》には近道《ショートカット》が見えているだろ？　そこを進めば春龍街《しゅんりゅうがい》にひとっとびだ。いやー便利便利」

「ちょっ、ちょっと待って」

「言い忘れてた、僕の名前は白露《はくろ》という。よろしく、ちづる！」

「よろしくする気はないっ、ちょっと、だめ！」

睡蓮《すいれん》を形作っていた光がするりとほどけ、意思を持った生き物のように私たちの腕に絡みつく。

その光はどんどん眩《まぶ》しくなっていって、私が思わず目を瞑《つぶ》った次の瞬間。

空気が変わった。

地下鉄の騒音とは異なる喧騒《けんそう》が押し寄せてくる。それに続くように鼻腔《びこう》をくすぐるのは、甘辛い醤油と香草のいい匂い。

そうっと目を開けると、そこは私の知る都会とは別世界だった。

和洋中全ての様式を取り混ぜた建物がごちゃごちゃとひしめき合い、それらを繋ぐように階段があちこちに生えている。

ぎゅうぎゅうに詰め込まれた建物は、きっと無計画に増改築が繰り返された結果だろう。狭苦しいけれど清潔で、活気に満ちていた。

提灯《ちょうちん》の明かりで優しく照らされた道は、深夜だというのにたくさんのあやかしで賑《にぎ》わっている。

あちこちで開かれている屋台の食べ物の匂い、ちょっと犬臭い匂い、白檀《びゃくだん》の香り、そんなものが入り混じって、異国の風情《ふぜい》を醸《かも》し出している。

「ここは……」

「春龍街《しゅんりゅうがい》さ。君たち人間社会の裏側、あやかしどもの住まう街。ついでに言えば、移動都市でもある」

春龍街《しゅんりゅうがい》は、あやかしたち専用の街。幽霊、精霊、式神、妖怪……人間「以外」の、霊力と呼ばれる不思議な力を操る生き物が暮らす、巨大移動都市だ。

大きさは東京都二つ分くらいだと聞いたことがある。

「移動都市と呼ばれるのは、文字通りこの春龍街《しゅんりゅうがい》そのものが、季節ごとに移動しているためだ。人間社会と春龍街《しゅんりゅうがい》の出入り口がしょっちゅう変わるのは、この街が移動してるからなんだよ」

「どうして移動するの？」

「そりゃ、街が龍の背中の上にあるからだよ。龍といっても生き物じゃなくて、あやかしたちを生かす霊力の、大きな流れのことなんだけどね」

ちなみに、と白露が補足してくれたところによると、あやかしが住まう都市は全部で四つあるらしい。

春龍街《しゅんりゅうがい》。

夏虎海《かこかい》。

秋凰天《しゅうおうてん》。

冬玄島《とうげんとう》。

「人間が自由に出入りできるのは春龍街《しゅんりゅうがい》だけで、他は結構厳しい。よその街のあやかしでも気軽に出入りできないような街なんだよ」

あやかしと人間の仲はそこそこ良好だが、安全のため、春龍街《しゅんりゅうがい》への人間の出入りは一応管理されているという。

だから、春龍街《しゅんりゅうがい》に行くのは、パスポート無しの海外旅行に行くようなものだ、というのが主な認識である。

きっと人間にとっては異国情緒が味わえる、楽しくて物珍しいスポットなんだろうけれど。

また来ることになるとは思わなかった。

ここには嫌な思い出しかない。

白露は億劫《おっくう》そうに古びたトランクを持ち直した。

「ったく、何を考えて移動都市なんかにしたんだろうね？　毎回鍵だの地図だのを持ち歩かなくちゃいけなくって、めんどくさいったらないよ」

「わ、私帰る。届け出もしていないのに、勝手にいたらまずいでしょう」

「ふむ。でも、春龍街《しゅんりゅうがい》の方が、麒麟眼《きりんがん》にとっては過ごしやすいんじゃないのかな」

「そうかもしれないけど……！」

私はきょろきょろと辺りを見回し、人間社会へ戻る手段がないか探す。

確か、子どもの頃に来た時は、人間社会に繋がるモノレールがあったはず。

「君は帰れないよ。少なくともあと一週間はね」

「どういうこと⁉」

「春龍街《しゅんりゅうがい》はちょうどスピードを上げる時期なんだ。春の終わり頃はいつもそう。だから人間社会との接続は一時中断されるってわけ」

「一週間は帰れないって……仕事、めちゃくちゃ溜まってるのに」

「まあまあ。君にしかできないような仕事はそんなにないだろ」

さらりと失礼なことを言った白露は、さくさくと歩き出す。

どうすればいいんだろう。一週間も人間社会に帰れず、春龍街《しゅんりゅうがい》で過ごさないといけないなんて。

私の脳裏を、春龍街《しゅんりゅうがい》を訪れた過去の記憶がよぎる。

小さな私は、人ごみの中をはぐれないように歩くのが精いっぱいで、一生懸命お父さんの大きな手を握っていた。

妖狐に猫又、お化け提灯《ちょうちん》の後には牛頭《ごず》と馬頭《めず》の妖怪が連れ立って歩いていて、すれ違いざまに狐の尻尾《しっぽ》がぞわりと私の背中を撫でて――

「ちづる？」

白露に呼びかけられて、思い出は動画を途中停止したように途切れ、私ははっと顔を上げる。

「ほらおいで。春龍街《しゅんりゅうがい》に無理やり連れ込んだのは僕だからね、その間の寝床くらいは提供するよ」

「信用できない」

「大丈夫、取って食いやしないよ」

「あやかしに言われても説得力がない。大体あんたはなんのあやかしなの」

耳も尻尾《しっぽ》も角もないし、目も普通だ。背丈が少し大きすぎる以外は、普通の大学生か、遊び人のように見える。

私の問いに、白露はにいっと笑った。

「麒麟眼《きりんがん》で見てごらん」

私の麒麟眼《きりんがん》──そのものの本音、本心、ほんとうが見える力──は、あやかしの正体も見抜くことができる。

けれどそれは、私が意図しないと見えてこない。あやかしたちは化かすことに長《た》けているので、普通の人間のように、おいそれと正体や本音を見せたりしないのだ。

私は深呼吸し、白露をじっと見つめた。

相手の裏側まで見透かすように、一瞬たりとも目を逸らさず。

「へえ。麒麟眼《きりんがん》が発動すると、そんな風になるんだね。金色のお酒に、青い宝石を落としたみたいだ」

やけに詩的なことを呟くと、白露はうっとりと目を細めた。

「綺麗だね」

とろけるようなその声にも驚いたが、もっと私をびっくりさせたのは、白露の正体だった。

なんというか、つぎはぎなのだ。手足は毛むくじゃらで熊のよう、体はすんなりとした肉食動物みたい。尻尾《しっぽ》は蛇。顔は狼に似ているけど、人間のようでもある。本来交わらないものが共存している違和感、ぎこちなさに、私は白露の正体に思い至る。

「あんたは、鵺《ぬえ》ね」

「ご明察。いいね、麒麟眼《きりんがん》に見透かされると、なんだか自分が一瞬だけでも本物になったような気がするよ」

そう笑って、白露はすいと手を差し出した。

「僕は鵺《ぬえ》だけど、人を食うことはしない。だから、一緒に来てくれるね？　ちづる」

「……分かったわよ。ここまで来たらもう、あんたについてくしかなさそうだし」

私はため息をついて、鵺《ぬえ》の差し出す手を取った。

＊

なんだかいい匂いがする。コーヒーと、焼き立てのパンの匂いだ。

私はもそもそと寝返りを打つ。やけにふかふかの布団は、明らかにうちの安物のベッドではないし、着ているものは旅館にあるような薄手の浴衣《ゆかた》だ。

目を開けると、見慣れぬ棚が視界に入ってきた。黒檀《こくたん》で艶《つや》めいていて、取っ手の金具が花の意匠《いしょう》だった。凝《こ》っている。

「……ここは」

そうだ。ここは春龍街《しゅんりゅうがい》にある、白露の家だ。

白露は昨日地下鉄で会ったあやかしの鵺《ぬえ》で、彼に無理やり春龍街《しゅんりゅうがい》に連れてこられた結果、一週間は人間社会に帰れなくなったんだった。

明日の朝一で会社に連絡を入れなければ、なんてことを考えながら、もぞりと布団の中で姿勢を変える。

すると、遠くから足音が聞こえてきた。

ノックして、と言う間もあればこそ。白露は思い切り扉を開け放つ。

「おはよ、ちづる。朝はパンでいいよね、トースト焼いたから食べよ」

「はあ……おはよう……」

「低血圧？　でもそろそろ起きな、お腹空《す》いてるだろう」

漂《ただよ》ってくるトーストの香りに、お腹がきゅうっと刺激される。

昨日の夜は、春龍街《しゅんりゅうがい》の屋台で肉まんのようなものを買って食べたきりだった。

「ごめん、何か着替えの服を貸してくれない？　なんでもいいんだけど」

すると白露は部屋の隅にあった箪笥《たんす》に近づき、一番上の引き出しから服を引っ張り出し始めた。

自分の身なりには無頓着《むとんちゃく》そうなくせに、他人の服にはこだわりがあるようで、ああでもないこうでもないと服を散らかしている。

「なんでもいいよ？」

「いやいや、その綺麗な麒麟眼《きりんがん》に合うものじゃないとね……これなんかどうかな」

そう言って見せてきたのは、白い七分袖《そで》のワンピースだった。

胸元が少しチャイナドレス風で、ウエストをマークする青い布ベルトには、金と銀の糸で色んな花が刺繍《ししゅう》されている。

「……意外。すっごく可愛い。どうしてこんな可愛いの持ってるの？」

「仕事の報酬に、箪笥《たんす》ひと竿《さお》分の女性服を貰ったんだよ。気に入った？　君のサイズの服はこの箪笥《たんす》にたくさんあるから、好きな時に着替えて」

そう言って白露は、ダイニングで待っているよと言い残し、部屋を出ていった。

私は借りていた浴衣《ゆかた》を脱いで畳み、ワンピースに袖《そで》を通す。サイズはぴったりだ。

部屋を出ると、一人分の横幅しかないほど狭い廊下の突き当りに、洗面所が見えた。

薄いブルーと白のタイルが可愛い洗面所で顔を洗い、髪をハーフアップに整えた。

「久しぶりにワンピースとか着たかも。太ってなくてよかった」

ぐっすり眠れたためか顔色はいい。私はそのままトーストの匂いを辿《たど》って歩いた。

昨晩は暗くてよく分からなかったが、白露の家は結構広いようで、色々な部屋がある。けれどどの部屋もすさまじく物が多く、廊下まで溢《あふ》れ返っていた。

覗き見したい気持ちをこらえつつ板張りの床を歩き、三段ほど階段を上がったところで、家主と再会した。

白露は着替えた私を見て、にっこり笑った。

「うん、その服、君の髪の色に合ってるね。可愛いよ」

「ありがと」

「さて、ここがキッチン兼ダイニングだよ。ここにあるものはなんでも好きに食べて飲んでくれて構わない」

暖かな日差しが差し込むダイニングは、意外にもこざっぱりしていた。キッチンは少し狭くコンロは一口しかないけれど、綺麗だった。あんまり使っていないのかもしれない。食器棚も食料棚も、物が多いわりには整頓されていた。

小さめのダイニングテーブルには、たくさんの本が積まれている。白露は読書家なんだろうか。

「今日は晴れてるから外で朝食といこう」

白露は私をベランダに誘う。大きな窓の向こうには、朝の春龍街《しゅんりゅうがい》が広がっていた。

「わあ……！」

どうやら白露の家は、街のかなり高い所にあるらしい。ベランダから春龍街《しゅんりゅうがい》の様子がよく見えた。

こうして日の光のもとで見ると、街は様々な建物が危なっかしく入り組んでいる。その建物を階段や橋が無理やり繋いでいるといった感じだ。きっとここに建築法とかはないのだろう。

その階段ほんとに上《のぼ》れるの？　とか、その屋根、ほとんど崩れて隣の家に倒れかかってるけど大丈夫？　とか心配になる構造は、アクロバティックで見ていて飽きない。

「和洋中の建築物が混在してるって感じね。でも意外とすっきり見える」

「屋根の色は青か黒と決められているからじゃないかな」

「ああ、なるほど——あ、あの広場みたいなところは何？」

「あれは市場だよ。今日は日曜日だから……花市がやってるんじゃない？」

言いながら白露は私を椅子に座らせる。アンティークの鉄の椅子で、濃い緑のクッションが置かれていた。

テーブルには湯気の立つコーヒーと、どこかココナッツの香りのするトースト、そして温泉卵が並べられている。

「美味《おい》しそう！　でもなんでトーストに温泉卵なの？」

「シンガポール式を気取ってみた。お代わりはセルフで、それじゃいただきまーす」

さくっとトーストにかじりつくと、ココナッツの甘くて香ばしい匂いが口内に広がる。半分に切られているので、さくさく感を存分に楽しめるのもいい。

私はブラックを飲んでいるが、白露はコーヒーに練乳と牛乳を入れていた。今度私も試してみようと思う。

「それにしても、誰かとご飯食べるのって、久しぶりかも」

「へえ？　家族や友人は？　あるいは恋人でも」

「全部いない」

素っ気なく答える。同情されるかと思いきや、白露は優しく微笑むだけだった。

「奇遇だね。僕もだ」

沈黙が下りる。けれどそれは不思議と気まずいものではなかった。

コーヒーを飲みながら、春龍街《しゅんりゅうがい》を上から眺める。

この街には一回しか足を踏み入れたことがない。その時の思い出が衝撃的すぎて、あまりいい印象がなかった。

でも、残業明けの今、たっぷり眠った体で体感する春龍街《しゅんりゅうがい》は、思い出のそれより遥《はる》かに美しかった。雑多で建物がひしめき合っているけれど、活気があって、何より居心地がいい。

全身がゆるやかに弛緩《しかん》する。クッションの上でくつろぐ猫みたいに、ぐぐっとのびをした。

「ぐっすり寝た後に、綺麗な景色を眺めながら美味《おい》しい朝ご飯が食べられるなんて、サイコー……」

「うーん、疲弊したサラリーマンの模範的なコメントだね」

笑いながらコーヒーのお代わりを注《つ》いでくれる白露を、私はちらりと横目で見る。

「――で？」

「で？　とは」

「寝床に服に朝ご飯。ここまでもてなして、一体私に何をさせたいの」

そう尋ねると白露は一瞬固まったが、ややあってにこーっと嬉しそうに笑った。

「やっぱ、バレてた？」

「バレバレ。私の麒麟眼《きりんがん》が目当てでここに連れてきたんでしょ」

「いや、最初は本当に地図が読めなくて、君の力を借りられたらと思ったんだよ。春《しゅん》龍街《りゅうがい》に連れてくる気はなかった」

「嘘ばっかり」

「本当だよ。鵺《ぬえ》の言葉なんか、信じるに値しないかもしれないが」

苦笑交じりに言う白露は、何から話そうか、と呟いて腕を組んだ。

「まずは僕の仕事を説明しよう。僕は人間社会では美術商みたいなことをしていてね。春龍街《しゅんりゅうがい》のものを人間に売ったり、人間社会のものをあやかしに売ったりしているんだ」

「それって美術商っていうより、貿易商って感じに近いような気がするけど」

「人間社会では美術商と名乗った方が、通りがいいんだよね。実際、芸術品も多く取り扱ってるし。それで、二つの社会を行き来している間に、色々と頼まれごとをすることもあって、その頼まれごとの一つが真贋鑑定《しんがん》なんだ」

真贋《しんがん》鑑定。なるほど、麒麟眼《きりんがん》が必要そうな依頼だ。

「人間社会にもあやかしの常識にも通じている僕なら、これが本物かどうか分かるだろう？　って聞かれることがとても多くてね。今回もその手の依頼を受けたんだけど、どうも厄介な相手だから、対応には注意が必要そうなんだ」

困ったように頭をかく白露。そして私の方を見た。

「だから君に助けてもらいたい。僕のところに来た依頼を、君の麒麟眼《きりんがん》で解決してほしいんだ」

言い切ってしまうと、白露は肩の荷が下りたといった顔で練乳をたっぷり入れたコーヒーに口をつける。

助けてあげる義理はない、と思う。私はこっちに無理やり連れてこられた身だし。

それでも、春龍街《しゅんりゅうがい》の爽《さわ》やかな朝の風に吹かれながら朝食をとっていると、どうにも気が大きくなってしまうのは事実で。

どうしようか迷っていると、大きな声が響き渡った。

「ごきげんよう！　春龍街《しゅんりゅうがい》の夜はいかがだったかしら？」

声は向かいの西洋風の建物から聞こえてくる。

傾斜の急な屋根の上に苦もなく立ち、こちらを見つめているのは、狐耳の少女だった。

彼女はひらりと屋根を蹴ると、そのまま十数メートルはあろうかという距離を軽々と跳躍して、私たちのいるベランダにふわりと降り立った。

長い髪が美しくなびき、金色の尾がふわりと優雅に揺れた。

近くで見ると、少女はとても整った顔立ちをしている。緋色の目につんと上を向いた小さな鼻、八重歯の覗くさくらんぼのような愛らしい唇。

長い栗色の髪に映える青いローブが、よく似合っている。

少女は白露を軽く睨《にら》んでから、にっこりと笑みを浮かべて私に向き直った。

「私は佐那《さな》。種族は妖狐。春龍街《しゅんりゅうがい》の管理局にて、管理官を務めておりますわ。具体的に言うと、春龍街《しゅんりゅうがい》を出入りする人間の管理をしていますの。ただのあやかしには務められない大任ですのよ」

「ああ、聞いたことあります」

人間社会と春龍街《しゅんりゅうがい》は、出入り口の数こそ限られているけれど、通行証さえあれば誰でも行き来できる。

その通行証の数で人間の数を把握しているのだが、稀《まれ》に通行証を持たないまま春《しゅん》龍街《りゅうがい》に入ってくる人間がいる。

私みたいにあやかしに無理やり連れてこられたり、出入り口と知らずに入ってきてしまったり。

後者は、猫を追いかけて電柱と塀の隙間をするりと通ったら、異世界へ来てしまった――と言えば、イメージできるだろうか。

「私、正規の方法でここに来ていないから、あなたが来てくださったんですよね」

「ええ、ですが不安に思う必要はありません。白露から既に届け出が――あら？」

佐那は私をまじまじと見つめる。その緋色の目にぱあっと喜びが走った。

「あなたもしかして、麒麟眼《きりんがん》の持ち主じゃありませんこと⁉　まああなんてことでしょう、初めてお目にかかるわ！」

「はあ……」

「麒麟眼《きりんがん》！　真実を見抜く神の業《わざ》！　あら、ということは、あなたはあやかしなのかしら？」

「いえ、人間です……多分。父はあやかしみたいですが、素性までは分からないので」

私の母は普通の人間だった。

父親についてはよく知らない。母はあまり多くを語らなかった。

春龍街《しゅんりゅうがい》にしょっちゅう出入りしていた、あやかしだったそうだが、父の素性など知りたくもない。

あやかしの血が混ざっていたからといって、外見が人間と変わらなければ、人間社会で差別に合うようなことはない。私には、麒麟眼《きりんがん》以外にあやかしらしい力もないし。

こんな曖昧《あいまい》な回答では、管理官たる佐那は納得しないかもしれないと思ったが、予想に反して佐那はふむふむと頷いていた。

「お父様があやかしだったかもしれない、ということですわね。血縁関係はプライベートなことですから、春龍街《しゅんりゅうがい》への届け出には記載不要ですわ。ですが規則ですので、他のことを少し聞かせてくださいな。あなた、春龍街《しゅんりゅうがい》にいらしたことがある？」

「はい。六歳の時に一度だけ」

佐那はローブから手帳を取り出すと、ぱらぱらとめくった。小さな手帳なのに、やけにページ数が多い。

「常盤ちづる、確かに出入街の記録が十八年前にありますわ。お父様のお名前は弦闘《げんとう》。

お名前からは、どんなあやかしだったのかは分かりませんわね」

記録を見ていた佐那が、微かに眉を寄せた。

「お父様は、春龍街《しゅんりゅうがい》で亡くなられていますのね。ご愁傷様《しゅうしょうさま》でした」

「そうなのか」

初めて白露が声を上げる。意外そうなその様子に、私は軽く頷いてみせた。

「そう。昔のことだけど。春龍街《しゅんりゅうがい》に来るのはそれ以来だね」

「そうか。なら君は一体どこで麒麟眼《きりんがん》を手に入れたんだ？　人間社会に流出するような代物《しろもの》ではないだろうし」

「分からない。気づいたら本音が見えるようになってたの」

嘘で父の話を無理やり終わらせ、私は佐那の手元を覗き込んだ。

「それにしても、小さな手帳なのに、昔の記録が分かるなんてすごいですね。検索性も高そう」

「あら、人間社会のスマートフォンも便利ですわよね」

「いやあ、急に発展しちゃったせいで、十八年前の記録を今の媒体で見ることはできないんですよね」

紙媒体と電子媒体の埋めがたき溝。そのせいでどれだけ無意味な残業を余儀なくされたことか。

いや、今は現代社会のことは忘れよう。ましてや激務を強《し》いられたことなんて思い出したくもない。

白露が佐那の手帳を後ろから覗き込み、佐那の尻尾《しっぽ》にばしっと叩かれていた。

「盗み見しないでくださる？　速やかに管理局に届け出たことはよろしいですが、白露、そもそも人間を勝手にこちらに連れてきてはいけません！」

「いやあ、鍵を落としちゃった上に、地図が読めないからねえ」

「人間社会とこちらをしょっちゅう行き来しているくせに、情けないことを仰《おっしゃ》るのね。そんな体《てい》たらくで、よく美術商なんてやれますこと」

その言葉に、白露が説明してくれた仕事内容に偽りがないことを知る。詐欺《さぎ》師の類《たぐい》ではなさそうだ。

私の疑念を見透かしたように、白露がこちらに視線を向ける。疑ったことへの罪悪感でちくりと心が痛んだが、そもそも白露が私を無理やり連れてきたのだと思い直す。

「……一つ聞いてもいいかな。君がこの春龍街《しゅんりゅうがい》にあまりいい印象を持っていないのは、お父さんを亡くしたから？」

「んー……それが原因でもある、っていうのが正しいかな」

私の言葉に、佐那がまあっと声を上げる。

「春龍街《しゅんりゅうがい》がお嫌いですか？　そんなのもったいないですわ！　人間社会からいらした方にこの街を楽しんで頂くことこそ、管理官の務め！」

「管理官の務めは、人間とあやかしの出入りを正しく管理することでは？」

「お黙り白露。麒麟眼《きりんがん》の方が、春龍街《しゅんりゅうがい》にいい思い出がないなんて悲しいこと。せめて少しでもお心を楽しませてさしあげなければ」

「何する気なんだ、佐那？」

佐那はにんまり笑って、私の手を取った。

「観光案内に決まっているでしょう！」

＊

そういうわけで、私は今、朝風呂を決めているわけである。

「はうう……とろける……」

佐那に連れられてやってきたのは、春龍街《しゅんりゅうがい》の真ん中にある銭湯『千代《ちよ》』。

五階建ての和風の建物に、色んな効能や、入れる種族の異なるお風呂が八つある。

どれもとても広く、開放感がある。

ちなみに毛のあるあやかし専門風呂は、ケセランパセランや熊の精霊といった、全身毛むくじゃらのあやかししか入れないらしい。ちょっと見てみたい。

「やっぱりあのステンドグラスは素敵ですわね」

尻尾《しっぽ》と耳に専用のカバーを被せた佐那が、大きな窓を指さす。

そうなのだ。『千代』の売りは、大きな窓とステンドグラス。

特にこの最上階のお風呂は、天窓からステンドグラスを通して入り込む七色の光がお湯に反射してゆらゆら揺れて、それはもう美しいのだ。それに受付の女性もかなりの美人だった。これはお風呂と関係ないが。

初対面のひとと、会ってすぐに裸の付き合いというのは、少し気恥ずかしくもあったが。っていうか、観光なのに真っ先にお風呂というのもどうかと思ったが。

相手はあやかしだし、ここは春龍街《しゅんりゅうがい》だ。海外旅行に来たような解放感で、私は佐那とお風呂に浸《つ》かっている。

「お湯もちょっとぬるめでサイコーです、佐那さぁん……」

「佐那でいいですわよ。敬語も結構。お風呂がお気に召したようで何よりですわ。ここ、七十年前にできた結構新しい銭湯で、人間にも評判がいいの」

「七十年前が、結構新しい部類に入るんだね」

「あやかしは人間より長命ですもの。そうそう、夜になったらあのガラスが動くそうなので、またいらっしゃいな」

「動くの？　すごい、ハイテク」

「ええ。動くからあのステンドグラスもあやかしだという話があるそうですわ。そうだとすれば、性別が気になりますわね」

「あっははは、男……オス？　だったらなんだかやだね」

朝っぱらからお風呂に浸《つ》かっていると、背徳的な喜びが込み上げてくる。

午前中ということもあり、他のあやかしの姿が少ないということもあるが、何より……

他人の本音が聞こえてこないのが、最高だ！

人間社会では、かなり気を張っていないと他人の本音はシャットアウトできないのに、ここではさほど苦労しなくてもそれが叶うのである。

このストレスフリーな環境に加えて、いい寝床に服に朝ご飯に、朝風呂。

このコンボを決められては、機嫌も良くなろうというものだ。

「うーん……白露のお願い、聞いてあげてもいいかもなあ」

「あら、白露があなたに何かお願いをなさったの？」

「ちょっとね。ねえ、白露ってどんなあやかし？」

その言葉に佐那は難しい顔をする。カバーに覆われた耳が落ち着きなく動いた。

「そうですわねえ。悪い方ではありませんのよ、もちろん。美術商として人間社会と春龍街《しゅんりゅうがい》を行き来するだけの能力や常識もありますし」

「……奥歯に物が挟まったような言い方するね？」

「あの方は鵺《ぬえ》ですから。鵺《ぬえ》という存在はご存じかしら」

鵺《ぬえ》。

辞書的に説明するならば『平家物語』に登場する妖怪で、顔は猿、胴体は狸、手足は虎で、尾は蛇とされるキメラである。もっとも、白露の姿はそれと少し違うようだから、鵺にも色々な姿があるのかもしれない。

そう告げると、佐那はこくんと頷いた。

「それに加えてもう一つ。鵺《ぬえ》の鳴き声は凶兆を告げ、眼差しは闇夜に赤く光る凶星《まがつぼし》のようだと例えられているのですわ。人間にとっても、あやかしにとっても、鵺《ぬえ》という存在は、恐ろしくて不気味なものなのです。掴《つか》みどころがないと申しましょうか」

「でも、実際に白露が悪いことをしてるわけじゃないんだよね」

「ええ。ですが、凶兆を告げる生き物は、実際の行いに関わらず『悪』なのですわ。だって、凶兆を運ぶものの後には必ず、災厄が訪れるのですから」

少し釈然《しゃくぜん》としない。

鵺《ぬえ》そのものが悪さをするとは限らないのに、凶兆を告げるものが、凶兆と同一視されるとは。あやかしの世界にも、不条理な差別というものがあるらしい。

「春龍街《しゅんりゅうがい》を始めとするあやかしの住処《すみか》が、人間社会と接続するようになってから数百年。それほどの時間が経っても……いえ、時間が経ったからこそ、人間社会の水が合わず、あちらの世界に行けないあやかしもたくさんいます」

「ああ、最近だとコロボックルなんかは、もう人間社会に出てこられないって、新聞で見たことあるよ」

「ええ。そんな彼らも、人間社会の情報や品物、食品などを求めることがあります。その求めに応じているのが、白露のように人間社会と春龍街《しゅんりゅうがい》を自由に行き来できるあやかしなのです」

鵺《ぬえ》はキメラの性質が強く、どの種族にも属さぬ代わりに、どこへでも自由に行き来できるらしい。だから白露はしょっちゅう人間社会に出入りしているわけか。

「鵺《ぬえ》という存在の恩恵だけ被《こうむ》っておいて、必要なければ爪はじき、というのは、あまりにも勝手すぎると思いますわ。それを止められないのが歯がゆいですが……」

「……」

とろみのあるお湯を両手ですくう。

片や、凶兆を告げる生き物だからと、頭から不吉と厭《いと》われて。

片や、人間には過ぎた眼のせいで、見なくていいものを見てしまい。

どちらも、まともに他者と向き合えない。

成果だけをあてにされて、いいように使われて、心の中では疎《うと》んじられている。

「なんだ。私と同じか」

「ちづる？　どうかなさった？」

「ううん。ありがとう佐那、大体分かった」

「お役に立てたならいいのですが」

佐那は微かに笑った。それから、じいっと私の顔を見つめる。

「な、何？」

「いいえ。ちづるはスタイルがいいなあと思いましたの。特に胸の辺りのメリハリが羨《うらや》ましいですわ……！」

「そう？　佐那の方がモデルみたいにすらっとしててかっこいいと思うよ。というか、あやかしもスタイルとか気にするんだね」

「人間社会の服を着こなそうと思ったら、細身で胸が出ていた方がいいですもの」

「人間が作った服の方がおしゃれ、っていうのがここの流行《はや》りなの？」

「今の流行《はや》りはそうですわ。あと五十年くらいしたら、すたれるかもしれませんが」

流行のサイクルが五十年とは。さすが、あやかし。

私は苦笑し、顔にお湯をぱしゃっとかけた。


それから佐那と春龍街《しゅんりゅうがい》をぶらついて、アナグマの精霊が経営するおしゃれなイタリアンレストランで、桜エビとかぶのパスタを食べた。

午後、仕事に戻るという佐那を見送り、白露の家へ帰る。

白露はダイニングテーブルで本を読んでいた。日本語の本ではないようだ。

「お帰り、ちづる。観光はどうだった？」

「楽しかったよ！　特にお風呂が最高だった。ステンドグラスがあって、きらきら光ってて……あと、佐那が途中で『遮断の守り』を持ってきてくれたんだ」

「ああ、麒麟眼《きりんがん》隠しね」

麒麟眼《きりんがん》のせいで、街のあやかしから注目されてしまうことがあった。それでは不便だろうと、佐那が管理局からお守りを持ってきてくれたのだ。

お守りは蜂の形をしたブローチだったので、胸元につけている。

「これで、普通のあやかしには、私の麒麟眼《きりんがん》が見えなくなるって」

「そうだね。僕には見えるけど」

「鵺《ぬえ》だから？」

「そう。一応あやかしの中では強い方だからね。麒麟眼《きりんがん》も使いにくいと思うよ」

「私、身近な人に麒麟眼《きりんがん》は使わないよ」

「そうなの？　身近な人ほど、口にできない本音を抱えているかもしれないのに？」

「だからだよ」

「そうか。ちづるは賢いね」

白露の、片眼鏡《モノクル》をかけていない方の目が、日差しを受けて紅茶色にきらめいていた。

私はその前に座って、おもむろに口を開いた。

「白露のお願い、聞いてあげる。真贋鑑定《しんがん》っていっても、今までそんなことに麒麟眼《きりんがん》を使ったことがないから、できるかどうか分からないけど」

そう告げると、白露は子どもみたいに顔を輝かせた。

「わあ、いいの？　助かった！　ちょうど督促《とくそく》が来たんだよ、さっそく行こう」

「督促《とくそく》？」

「うん。なんでも創業二百年の記念パーティが明後日《あさって》あるらしくて、それまでに真贋《しんがん》を確定させたいんだってさ」

「どうしてそんなに急ぐんだろうね」

「大した理由じゃないさ。真贋《しんがん》を明らかにさせたい動機なんて、たかが知れてる」

白露はのっそりと立ち上がった。上着を羽織りながら、どこか呆《あき》れたように呟く。

「絡んでくるのは、金か、血縁か……いずれにせよめんどくさそうだ」


白露と並んで街を歩く。長い足を持て余すように歩くんだな、と思っていたら、単に私に歩調を合わせてくれているだけだった。

私に似合うワンピースを選んでくれたり、歩調を合わせてくれたり、女の扱いに慣れている感じだ。意外。

春 龍街《しゅんりゅうがい》の中でも、背の高い建物が並ぶ地域に差し掛かった。

「あそこの大店《おおだな》が依頼主のお店だよ」

「わあ、デパートみたい」

八階建てのお城みたいな建物が、でんと目の前にそびえ立っていた。装飾過多で、若干けばけばしい。

そのけばけばしさをさらに引き立てているのは、正面にある巨大な魚のガラス細工《ざいく》だった。それがシャンデリアみたいに、建物からぶら下がっているのだ。

直径三メートルくらいはあるだろうか。鱗《うろこ》一枚一枚が全てガラスでできているので、光を反射するったらない。そのせいで七色の光が、常にあちこちから網膜を攻撃してくる状態だ。

「うう、僕の眼鏡サングラスに変えてくればよかった」

「胡散臭《うさんくさ》さが増しそうだね。っていうか、あれは……すごい」

「すごいよねえ。あの魚が、僕に真贋《しんがん》鑑定するよう依頼されたものだよ」

「あれを？　どうして？」

魚の大きさに合わせて建物の壁がくぼんでいるから、あれは建てた時からあそこにぶら下がっていた感じがする。今更本物も偽物もないだろう。

「それは――」

「ああ、白露どの！　お待ちしておりました」

白露の言葉を遮《さえぎ》るような胴間声《どうまごえ》。顔を上げると、そこには大きなお腹を抱え、四本の尾を生やした猫又が立っていた。

猫又、というか、二足歩行して紺色の前掛けをつけた、大きな猫という感じだ。横幅は白露の二倍くらいある。白い毛でさらに膨張効果大。

「こんにちは、右近《うこん》どの」

「ぜひ本日中にはあの魚――金色魚《こんじきうお》の真贋《しんがん》を鑑定頂きたく！　ええ、名高い美術商の白露どのの鑑定であれば、一族の者は皆、納得するでしょうとも！　たとえあなたが鵺《ぬえ》だとしてもね！」

最後の一言は余計だな。そう思いつつ、私はこっそり白露に問う。

「白露って、そんなに有名な美術商なの」

「人間社会へよく行き来してるってだけなんだけどなあ」

「おや、そこの人間は？」

右近と呼ばれた猫又が私を指さす。

お守りのおかげで、麒麟眼《きりんがん》だと気づかれていないようだ。

「僕の連れです。人間社会でつてのある方のお嬢さんで」

「ほう。なかなかの上玉、それに小柄で御しやすそうだ。どうです？　金持ちのあやかしの家に買い取られる気はありませんかねぇ？　可愛い人間の娘を愛《め》でるのが、最近の流行でして」

ごく自然に言われてぎょっとする。それってつまり、人身売買じゃないのか。

驚いたせいでとっさに返答できず、口ごもっていると白露が割って入った。

「お預かりしているお嬢さんですので、商売の話はご勘弁を。それよりも、あれの来歴を改めて教えてくださいませんか」

「まあ、いいでしょう。あれは名匠・捨松《すてまつ》の手になるガラス工芸でしてね。我ら三毛猫商会の守り神のような存在です。先々代の当主が、腕利きのガラス細工《ざいく》師に作らせたのです。ざっと七十年ほど前のことになりますか」

「来歴は分かってるのに、どうしてあれの真贋《しんがん》鑑定を白露に依頼したんです？」

右近がちょっと顔をしかめた。

「けしからんことに、あれが偽物だと主張する輩《やから》がいるのです！　創業二百年記念パーティも近いのに由々《ゆゆ》しき事態。何しろこの私が、ついに三毛猫商会の当主となる、めでたき日ですからなあ！　万全を期すべく、白露どのを呼んだ次第」

そう言うと右近は顔をしかめた。

「本音を言えば、鵺《ぬえ》などに借りなど作りたくはないのですがね！　背に腹は代えられん。とはいえお嬢さんのような、資産価値の高い人間を見つけられたのは運が良かった！　金に困ったらいつでも来るといいでしょう」

右近は大きなお腹を揺らしながら、店の中に戻っていった。その後ろ姿が完全に見えなくなってから、私は口を開く。

「……何あれ？　あれがあやかし流の依頼なの？」

「僕は鵺《ぬえ》だからね。商売をやっていて縁起を担ぐあやかしからは、ものすごく嫌われてるのさ」

「じゃあ真贋《しんがん》鑑定なんて依頼しないでほしいよね。態度も失礼極まりないし、大体しれっと人身売買持ちかけてくるとか、信じられないんだけど」

口ごもってしまったのが悔しい。何か言い返してやればよかった。

遅れてやってきた怒りを持て余している私をなだめるように、白露が言う。

「一応あれでも、僕の仕入れた商品を高く買ってくれるお得意さんなんだ」

「仕事のためなら、何か言われてもある程度は我慢しないといけないってこと？　あやかしも人間も一緒ね」

「そういうことだ。だがもし君に手出しするようなら、僕も黙ってはいないから安心して」

さらりと言われ、言葉に詰まる。まるで少女漫画みたいな台詞《せりふ》に、またしてもとっさに反応できずにいると、白露は微笑んで金色魚《こんじきうお》を指さした。

「あれをもっと近くで見てみよう」

店の中に足を踏み入れると、色んなあやかしが買い物をしていた。

彼らを尻目に、昇降機に乗る。鉄柵がガチャガチャ音を立てて閉まり、ゆっくりと上《のぼ》っていく。レトロだ。

最上階には、お茶や軽食を出す屋台が三つほど並び、子どものあやかしが遊び回っているスペースがあった。

大通りに面した壁の方に、細長い窓があって、そこから金色魚《こんじきうお》を眺められるようだった。私たちはその窓の前に立って、威容を誇るガラスの巨大魚を観察する。

「あれが偽物だ、と言い始めたのは、ぬばたま堂のあやかしたちだった。ぬばたま堂は、烏天狗《からすてんぐ》たちの商会だね。宝石関係の商いをしているらしい」

「もしかしてぬばたま堂は、三毛猫商会のライバルだったり？」

「よく分かったね。そう、商売敵《がたき》だ。だから最初右近は、三毛猫商会の足を引っ張ろうとしている彼らの嫌がらせだと思ったらしい」

白露が話してくれたところによると、あの金色魚《こんじきうお》は、三毛猫商会の当主の正統性を示すものなのだという。

なんでも、今の当主・花梨《かりん》と、その甥《おい》・薄荷《はっか》は、当主の座を巡《めぐ》って争っていたのだそうだ。いずれも商才に恵まれ、実力は互角のように見えたが、当主に選ばれたのは花梨の方だった。

「あの金色魚《こんじきうお》は、先代から花梨への贈り物だと言われているよ。当主争いをしているところへ、あんなにすごいものを贈られたら……後継者争いの結果は見えたようなものだよね」

敗北を悟った薄荷は、ある日家を出たきり、二度と戻らなかったそうだ。

こうして当主になった花梨は、右近という後継者にも恵まれた。先ほどの右近は花梨の息子なんだそうだ。

七十年も経てば、いくら長命のあやかしでも衰《おとろ》えがくる。花梨は当主の座を、あの金色魚《こんじきうお》と共に右近に譲ろうとした。

そこへふいにやってきた、ぬばたま堂の烏天狗《からすてんぐ》。

いわく『その金色魚《こんじきうお》はもう一匹いる』。

「金色魚《こんじきうお》を作った捨松は、宝石を商う烏天狗《からすてんぐ》たちとよく取引していたらしい。捨松が亡くなって、その手記や日記を手に入れた烏天狗《からすてんぐ》たちは、どうやら捨松はもう一匹金《こん》色魚《じきうお》を作っていたらしい——と結論付けた」

材料のメモ書きや設計図、残っていた納品書などを根拠に、烏天狗《からすてんぐ》は『もう一匹金《こん》色魚《じきうお》がいる』と吹聴《ふいちょう》して回った。

「でもそれは、烏天狗《からすてんぐ》の考えでしょ？　ほんとにもう一匹作られたかどうか分からないんだから、金色魚《こんじきうお》はここにある一匹だけです、って堂々としてればいいのに」

「それだけ右近の立場が危うい、と言えるだろう」

「……なるほど。そんな噂程度の話にも揺らいでしまうような立場、ってことね」

右近は平気で人身売買を持ちかけてくる奴だ。敵が多いのかもしれない。

「まあ、僕としてはあれが本物でも偽物でも、どっちでもいいんだけどさ。三毛猫商会は小さくない取引相手だから、お家騒動の顛末《てんまつ》は見届けておきたくて」

「麒麟眼《きりんがん》を持ってる私がいれば、鑑定結果が正しいかどうかの確証にもなる。それで右近に恩を売れれば、今後の取引が有利になるもんね」

「さすがサラリーマンはそろばん勘定が早いなあ。ま、そういうことだ。もっとも、君が麒麟眼《きりんがん》だということは、軽々《けいけい》に明かす気はないけどね」

ぼけっとしているように見えて、白露もなかなか賢く立ち回っているらしい。そういうところは好印象だ、サラリーマン的に。

「さて、あんまり長居したくもないし、真贋《しんがん》鑑定してみるね」

「真贋《しんがん》鑑定の工程って、どんな感じなのかな？」

「初めてやるけど……今回は、夏場道端に落ちてる蝉《せみ》に対して使う感じでやってみようと思う」

白露がものすごく怪訝《けげん》そうな顔をする。全身で、どういうこと？ と問うている。

「落ちてる蝉《せみ》って、死んでるか生きてるか分かんないでしょ。そういう時に『これは生きている蝉《せみ》である』って仮説を持って麒麟眼《きりんがん》を使うと、それが本当か嘘か分かるの」

「……そんな麒麟眼《きりんがん》の無駄遣いってある？ ちなみに、足を開いてたら生きてる蝉《せみ》で、閉じてたら死んでる蝉《せみ》ね」

「——あっほんとのこと言ってるね⁉ そういうことは早く教えてよもー！」

一つ学びを得た。気を取り直して、金色魚《こんじきうお》。

『この金色魚《こんじきうお》は捨松が作った本物である』

その仮説を持って、窓の向こうにぶら下がるガラス細工《ざいく》の魚を凝視する。

視線でガラスが砕けてしまうほどに、見る、見る。

その金魚の上に浮かび上がってきた真実は。

「……あれは偽物。少なくとも捨松が作ったものじゃない」

私の告げた真実に、白露が億劫《おっくう》そうなため息をついた。

＊

私と白露は、あてどなく春龍街《しゅんりゅうがい》を歩いている。考えをまとめるためだ。雑多な街並みは、沈思黙考《ちんしもっこう》には向かないかもしれないが、それでも私たちは歩いた。

右近は真贋《しんがん》鑑定の結果をせがんだが、返事は一日待ってもらっている。

なぜなら、あのお店にある金色魚《こんじきうお》は、偽物だから。

「うーん……」

白露は家のダイニングの椅子に座り、腕を組んで考え込んでいる。私の鑑定で、逆に事態をややこしくしてしまったような気がする。

「僕はね、あれは本物だったと右近に報告していいと思うんだ。それが一番楽だし、君が麒麟眼《きりんがん》であることを明かさずに済む。なあに、向こうが望んだ回答を差し出すんだ。その根拠が多少薄弱でも、さほど追及はされないだろう」

白露の言う通りだと思う。右近の口ぶりからして、彼はただ白露のお墨付きでもって、あれが偽物だという噂を封じたいだけなのだ。

けれど不思議なこともある。

「どうしてぬばたま堂の烏天狗《からすてんぐ》は、あれが偽物だって分かったんだろう」

「捨松の手記を見たんだよね、確か」

「なら、どうしてそれを右近に突き付けないで、噂を広めるだけに留めてるのかな。私が烏天狗《からすてんぐ》なら、捨松の手記を見せびらかして、あの魚はギラギラ光るだけの偽物だーって言いふらすけどな。それで三毛猫商会の仕事を妨害できたら、もうけもんじゃない？」

「ちょっと子どもっぽいけど、その疑問はいい着眼点だ」

ぬばたま堂と三毛猫商会。三毛猫商会が、ぬばたま堂が専門に扱う宝飾品の商いにも手を出し始めてから、両者の対立は激しくなってきたのだという。

つまりぬばたま堂の烏天狗《からすてんぐ》たちには、三毛猫商会を陥《おとしい》れる動機がある。

ならばなぜ、捨松の手記という物的証拠を出して、徹底的にやらないのか。

白露は私を見て、にこーっと笑った。あ、この笑みは、何か企《たくら》んでいる。

「今度はぬばたま堂に行こう。烏天狗《からすてんぐ》たちに聞いたら何か分かるかも」

ぬばたま堂は、落ち着いた佇《たたず》まいのモダンな店だった。表参道《おもてさんどう》にでもありそうなセレクトショップみたい。

三階建ての建物だが、一階部分は広いスペースになっていて、特に商品は置かれていない。私たちが足を踏み入れると、一羽の烏天狗《からすてんぐ》が文字通り飛んできて、

「今日は何かお探しでしょうか」

「僕は美術商をやっている白露というものだけど。三毛猫商会さんの金色魚《こんじきうお》が偽物だという話について、詳しく聞かせてもらえないだろうか」

その言葉にも烏天狗《からすてんぐ》は顔色一つ変えず、二階の個室に案内してくれた。

ちなみに烏天狗《からすてんぐ》は、体は人間で、頭部はカラスというあやかしだ。背中には大きな翼があって、濡れ羽色に輝いている。

出された薄荷水を飲みながら、行儀悪く辺りを観察する。

「高級ブティックって感じだね。三毛猫商会とは路線が違うっぽい」

「僕には一生縁のないお店だなあ。斬新すぎて、どう着こなせばいいのか分からない」

「意外と似合うと思うけどな。流行の最先端みたいな服を着てれば、その胡散臭《うさんくさ》い片眼鏡《モノクル》も、おしゃれの一部に見えるかも」

「待って君僕のこと胡散臭《うさんくさ》いって思ってたの？」

「逆に胡散臭《うさんくさ》くないと思ってたの？」

なんてやり取りをしている間に、一羽の烏天狗《からすてんぐ》がやってきた。頭部はカラスそのものでありながら、人間のようにすらりと長い手足を持ち、背中から大きな翼を生やしている。

藍色の和服に身を包み、その黒々とした翼を背中できっちりと折り畳んでいる。緑色の目が、好奇心たっぷりに私と白露を見つめてきた。

「どうも、黒《くろ》です。珍しい取り合わせやんなあ。人間と鵺《ぬえ》なんて。ま、俺は異種族間の愛には大賛成やし、お似合いやと思うで？」

「あはは、それは嬉しいなあ。で、君が金色魚《こんじきうお》は偽物だって噂を流した本人？」

「ああ、俺があの噂……っちゅうか、真実をタレこんだ張本人や」

「そうだね。あれは偽物だ。でも、君はどうしてあれが偽物だって分かったんだい？　それが聞きたくてここに来たんだ」

白露がそう切り込むと、黒はちょっと鼻白んだ。

「どうしてって、捨松はんの手記を見たんや。手記の感じからして、金色魚《こんじきうお》はもう一匹作られてるみたいやったから、あっこの金色魚《こんじきうお》がニセモンの可能性もあるなあ思て」

「なら、どうしてそれを三毛猫商会に突き付けない？　君たちにとって、代替わりの今は向こうを陥《おとし》いれる絶好のチャンスだろう」

「捨松はんの手記は、門外不出の情報も多い。そんなん公開できますかいな」

「そこだけ切り取って公開すればいいのに……それとも、何かな。公開できない事情があるのかな？」

「事情？」

「ねえ、捨松の手記って、実在するのかな。君たちはただ、三毛猫商会を混乱させるためだけに、あれが偽物だという嘘を流しただけなんじゃない？」

ひたり、ひたりと迫りくるような、白露の声。表情こそ穏やかだが、そのとび色の目は笑っていない。禍々《まがまが》しい光を帯びて、烏天狗《からすてんぐ》をねめつけている。

そういう顔もできるんだなあと感心していると、黒がぐうっと唸《うな》った。しかし彼も、腕を組んでくちばしをぎゅうっと固く閉じている。

「俺は見んぞ！　鵺《ぬえ》の魔眼に惑わされるような男とちゃうからな！」

「魔眼？」

「迷信、迷信」

苦笑する白露。その目は、先ほどの剣呑《けんのん》さの名残《なごり》を留めている。

本気を出した白露は、きっと誰からも恐れられるあやかしなんだろう。それを白露も嫌というほど分かっている。分かっていて、コントロールしているのだ。

私は少し考えて、椅子の背もたれにゆっくりと背を預けた。

「じゃあ、麒麟眼《きりんがん》だったらどう?」

「は? 麒麟眼《きりんがん》って、あの真実を見抜くっちゅうやつ? そんなんあるわけ」

「あるんだよ。だからあなたが嘘をついてるのも分かる」

私は身を乗り出し、黒の目をじいっと覗き込む。

麒麟眼《きりんがん》は相手の本音を見る。相手があやかしで、無防備に本音をさらけ出さないとしても関係ない。私が見たいと思えば見えるのだ。

「捨松の手記なんてないのに、どうして嘘をつくの」

「……あんた、ほんまの麒麟眼《きりんがん》か!」

「だからそう言ってる」

「なんで鵺《ぬえ》と麒麟眼《きりんがん》が一緒におるんや? 凶兆と吉祥《きっしょう》の親玉がデートしとるみたいなもんやないか」

ぶつくさ言いながらも、黒はあっさり敗北を認めた。

「あーもう、麒麟眼《きりんがん》のお嬢さんを前にして、往生際《おうじょうぎわ》悪いんも恥ずかしいしな。認めるわ、捨松の手記にそんな記述はない」

「ということは、三毛猫商会を惑わすためのデマ……」

「そういうわけでもない。根も葉もない噂と違う」

そう言って黒は、辺りをはばかるような仕草をした。それを見て取った白露が、指先で何か文字を描くと、赤い光がぼうっと部屋中に広がって、消えた。

「術を使った。盗み聞きされる心配はないよ、さあ存分にぶちまけたまえ」

「まあええわ、言うたる。俺な、薄荷が今どこにおるか知ってんねん」

薄荷。花梨と三毛猫商会の当主の座を争い、破れたあやかし。

店を出て、行方《ゆくえ》不明になっているはずではなかったか。

片眼鏡《モノクル》の奥で、白露が驚きに目を見張る。

「もちろん、名前も仕事も変えてんねやけどな。そこで俺うっかり立ち聞きしてもうてん。薄荷は、もう一匹金色魚《こんじきうお》があったーって言うてたで」

「重大情報じゃない！　っていうか、それほんとにうっかり？」

「意図的にうっかりしたかもしれんけど、まあそこはええやろ。俺かて恋に生きる男やねんから」

「恋？」

話の展開についていけない。

イライラする私とは対照的に、白露は考え込みながら、静かに口を開いた。

「……薄荷が今どこにいるのか、教えてもらってもいいかな」

黒はあっさりと薄荷の居場所を吐いた。

＊

ぬばたま堂を後にした私たちは、街の中心へ向かっている。

「薄荷の居場所は分かった。事の顛末《てんまつ》も大体理解できたし」

「えっ白露、分かったの⁉」

「店の金色魚《こんじきうお》が偽物で、薄荷が家を出たんなら、なんとなくそうじゃないかなって仮説はある。あとは薄荷に直接聞きに行くだけ……なんだけど」

白露はちらりと私を見る。

「ちづるが付き合う必要はないからね。家に戻りたかったら送るよ」

「ここまで来て真相はおあずけ？ 酷いこと言うのね」

「だってほら、君はあんまり春龍街《しゅんりゅうがい》のことが好きじゃなさそうだったからさ。あやかしのいざこざなんかに関わりたくないかもしれないだろう」

「……そりゃあ、まあ。お父さんが死んだ街だからね」

　私が六歳の時に、お父さんはここ、春龍街《しゅんりゅうがい》で死んだ。

　死因は知らない。ただ、私と一緒にいる時に事故か何かにあって、私は少しだけ迷子になっていたのだと母から聞いた。

　その母も二年前に病気で亡くなり、私は帰る家を失ったわけだけれど。

「どんなお父さんだったんだい」

「あんまり覚えてない。でもすごく……大きかったなあ」

　手のひらがすごく大きくて、それですくい上げられるように抱き上げられて、肩車してもらったことだけが、楽しい思い出と言えるかも。

「でも六歳の頃の思い出なんて、正直現実か夢かも分からない、曖昧《あいまい》なものでさ」

「意外と記憶力が悪いんだね、ちづる」

「ちょっと、人を馬鹿みたいに言うのやめてくれる」

「褒《ほ》めてるんだよ。いつまでも覚えてるって、結構しんどいことだし。それで？」

　白露と話しているとどうも話が取っ散らかるなと思いながら、続ける。

「つまり何が言いたいかっていうと、お父さんが死んだ時の思い出って、二十四歳まで引きずるようなものじゃないってこと。私にとってはむしろ、この麒麟眼《きりんがん》の方がしんどかった」

私は唇を舐《な》めて、ちらりと白露を見た。

黙っていれば怜悧《れいり》で整った顔立ちなのに、私と目が合うと、懐《なつ》っこい笑みを浮かべる。凶兆の鵺《ぬえ》でありながら、ちっともそんなそぶりを見せない。

皆から厄介者扱いされているところが、私と似ているあやかし。

彼にになら、言ってもいいかなと思った。

「私ね。この麒麟眼《きりんがん》、お父さんから受け継いだの」

「なんだって？」

「最初は麒麟眼《きりんがん》って分かってなかった。ただ、お父さんが死ぬ時、私はその側にいて……お父さんが何か呪文みたいなものを唱えるのが分かった。その後、色々な手続きを終えてお母さんと一緒に人間社会に帰った時に、気づいたの。他人の本音が見えるってことに」

お父さんを亡くしてかわいそうに、と言う隣の家のおばさんの『でもこの家のご主人、怪しい風体《ふうてい》だったものね。挨拶《あいさつ》もろくにしなかったし』という本音。

ご愁傷様《しゅうしょうさま》ですという言葉の奥に隠された、色んな人の色んな気持ち。思ってもみないところから悪意をぶつけられるのは、なんの気なしに曲がり角を曲がった瞬間、ふいに汚物をぶつけられるのに似ていた。

「その時は、本音が見えるこの力に、麒麟眼《きりんがん》って名前がついていることは知らなかった。でもお父さんが死んで、変な呪文を聞いた後からこうなったから、お父さんが何かしたんだというのは分かった」

「お父さんは麒麟眼《きりんがん》の持ち主で、死ぬ間際にそれを君に譲ったってことかな」

「多分そうなんだと思う。お父さんは麒麟眼《きりんがん》のことなんて何も言わなかったけど、お母さんはなんとなく分かってたみたいだった。お父さんには真実を見抜く力があるって」

麒麟眼《きりんがん》という名前を知ったのは、大学の授業を受けていた時だった。文学部の授業だったが、その教授はあやかしについても詳しくて、あやかしには真実を見抜く麒麟《きりん》眼《がん》というものを持っている者がいる、と言っていた。

「その時に教授が教えてくれたんだけど、麒麟眼《きりんがん》っていうのは、あやかしたちを守るために、守護者に与えられた力なんだってね」

「そうだよ。僕らよりももっと上の存在――人間で言うなら神に当たる存在から、守護者となるあやかしに与えられるものなんだ。ただ、誰かに譲ったりすることもできるし、奪われることもあるそうだ」

白露が言うには、麒麟眼《きりんがん》を誰かに譲ることができるのは、神から麒麟眼《きりんがん》を与えられた守護者だけなんだそうだ。力ずくで奪った麒麟眼《きりんがん》は、誰かに譲ることはできないらしい。

だから私のお父さんは、あやかしの世界を守るために、この麒麟眼《きりんがん》を与えられた守護者だったのだろう。その責任を果たしきれずに命を落とし、その間際に麒麟眼《きりんがん》を私に移譲した。

私もあやかしたちを守らなければならないのだろうか。だとしても、そのために必要な知識は私にはなかったし、人間社会で生きてきたから、あやかしを守ろうという気持ちにもなれなかった。

「麒麟眼《きりんがん》がどれだけ珍しくて、ものすごい力だったとしても、ちっとも嬉しくなかった。だって、麒麟眼《きりんがん》の使い方なんて一度も教わったことなかったんだから」

「それは大変だ。いきなり飛行機を操縦しろと言われるようなものだろう」

「うん。だから春龍街《しゅんりゅうがい》に一度でも足を踏み入れてしまったら、麒麟眼《きりんがん》を得たばっかりの頃を思い出しちゃいそうで、できなかった。ここに来たせいで、私はお父さんから麒麟眼《きりんがん》を受け継ぐ羽目になったから」

麒麟眼《きりんがん》について何も知らなかった私は、勝手に向こうから飛び込んでくる相手の本音と真実にひどく悩まされた。小学校時代は暗黒で、扱い方をなんとなく覚えた中高時代も、順風満帆《じゅんぷうまんぱん》とは言い難かった。

だって皆、言っていることと考えていることが違うのだ。そのこと自体を悪とは思わないけれど、入ってくる情報量が多すぎた。

だから、というのがおかしいのは分かっているが、春龍街《しゅんりゅうがい》が嫌いだった。

ここに来れば、否《いや》が応《おう》でも自分の異質さを思い知らされる。

黒の言葉を思い出す。吉祥《きっしょう》の親玉だって？　笑ってしまう。

おめでたいのは麒麟《きりん》という言葉だけで、あとは呪いだ。

「春龍街《しゅんりゅうがい》はちょっと嫌い……だけどね、多分、これから好きになれる気がするよ。だって楽しいから」

「おや、佐那が聞いたら泣いて喜ぶね」

「ふふ。もちろん、右近みたいな奴は嫌だけど、ああいうのは人間社会にもいるし。むしろ本音を隠そうとしない分、潔《いさぎよ》いとも言える」

そう言うと、白露は感心したように私を見た。

「ちづるは意外と図太い」

「違うよ、分かるでしょ。図太いんじゃなくて、期待してないの。他の人に」

「……そうだね。期待するだけ無駄だと、ちづるは知っているんだね」

「あんたは期待しているの？」

白露はぱっと顔を上げた。虚を突かれた子どもみたいに、無防備な表情だ。

ふと、彼は鵺《ぬえ》として何年生きているのだろうと思った。凶兆を運ぶものとして疎《うと》んじられ、一体どれほどの年月を？

けれど白露はすぐに、取り繕《つくろ》うような笑みを浮かべた。

「……いいや。期待なんかしないよ。だってそれは、どれだけ勇気のいることだろうね？　君はよく分かっているだろう」

蔑《さげす》まれてなお、他者と交流しようとする。誰かの役に立ちたいと思い、誰かと共に在りたいと願う。そうすればいつか、誰かの特別になれるんじゃないかと思ってしまうのは、人もあやかしも変わらないのだろう。

けれど私たちの場合、その期待はたいてい裏切られる。異質なものはさっさと切り捨てられるのが常で、顧《かえり》みられることなんかないのだ。だって、異質だから。

白露と私は、共犯者みたいな笑みを交わし合った。

「さてと、さっさと真相を確認しに行こう」

「そうだね。混み合う前に済ませよう」

そうして私たちは、銭湯『千代』に足を向けた。

もうじき夕方とあって『千代』は少し混み始めていた。

受付に座っていた女性が、私を認めてにっこり破顔する。

「前もいらした人間のお嬢さん！　また来てくれたなんて嬉しいわ」

「あの、今日は店主に話を伺いたくて」

「店主は今毛詰まりを取りに行っていて……少々お待ちくださいね」

女性は受付に置いてあった金魚鉢に右手を入れ、軽く揺すった。水が揺らぎ、水鏡のように誰かの顔を浮かび上がらせる。

「あなた、お客様よ。鵺《ぬえ》の方と、人間の女の子が来てるわ」

『……すぐに向かう』

低い声が答える。私たちはさほど待たずに、その声の主に会うことができた。

そのひとは猫又だった。けれど右近とは違う、ほっそりとした姿に三本の尾を持っていて、眼光は鋭い。体毛は黒いが、所々に白いものが混じっている。

「『千代』の店主です。白露どの、何か風呂に不具合でもありましたでしょうか」

「僕たちは『千代』の店主じゃなく、薄荷どのに話を伺いに来たんだが」

その言葉に、受付の女性の顔が強張《こわば》った。店主は険しい表情を浮かべる。

「……失礼ですが、どなたの差し金でいらしたので？」

「いいや、全く個人的な要件だよ。しかし三毛猫商会絡みと言えば分かるだろう」

『千代』の店主こと薄荷は、苦々しい表情を浮かべた。

「既に私とは関係のないことです。お引き取りを――」

「いいのかな？　だって、三毛猫商会の本当の後継ぎは、君だったんだろう？」

白露の言葉に私は驚いた。

本当の後継ぎ？　なんのことを言っているんだろう。

薄荷は表情を変えず、ただ白露の言葉を待っている。彼の握り締めた拳《こぶし》に、受付の女性の手がそっと重ねられた。

愛情のこもったその仕草に、二人の関係を知る。女性は二十代くらいにしか見えないけれど、薄荷は結構年齢がいっているだろう。年の差夫婦だ。

白露は続けた。

「金色魚《こんじきうお》は、三毛猫商会の先代の当主が、捨松に作らせて、花梨に贈られたものとされている。金色魚《こんじきうお》は後継者に贈られるもの――そんな暗黙の了解で、花梨が当主の座に就いた。けれど僕たちは、ある情報筋から、金色魚《こんじきうお》が二匹作られたという情報を入手した」

白露は顎《あご》に指を添えて宙を睨《にら》む。

「それは妙だ。後継者は一人きり、金色魚《こんじきうお》は一匹だけでなければならない。けれど現にあの店にある金色魚《こんじきうお》は偽物だ。少なくとも捨松の手によって作られたものではない」

「なぜあれが偽物だと……。ああいえ、あなたは麒麟眼《きりんがん》の持ち主でした。その眼力ならば、真贋《しんがん》を見極めることなど容易《たやす》いでしょう」

「そう、あれが偽物で、金色魚《こんじきうお》が二匹いて、今の当主が花梨なら、こんな仮説が立てられる。『花梨は偽物の金色魚《こんじきうお》を作らせ、あたかもそれが本物であるかのように受け取ってみせた』という仮説が」

まるで物語の探偵のように、堂々と仮説を提示してみせた白露だったが、ややあって情けない笑みを浮かべた。

「これは多分に僕のひいきが入っているんだけど。花梨と薄荷。どちらが当主にぴったりかと言われれば、僕は薄荷の方だと思っていたからねえ」

「そういえば、白露どのは、先代の頃から三毛猫商会に出入りしていましたね」

懐《なつ》かしそうに薄荷が呟く。

しかしそうすると白露は、七十年前も同じ仕事をしていたってことになるが。

想像以上に長生きである。

「僕は鵺《ぬえ》だ。鵺《ぬえ》とは凶兆、避けられて然《しか》るべきもの。けれど薄荷、君は僕を表の出入り口から入らせてくれたし、約束していたのに二時間も待たせるなんてこともしなかった。僕だけじゃなく、誰にでも丁寧だったね」

「そんなことされてたの、白露？」

「三毛猫商会のあやかしは、合理主義なんだよ。役に立たないものに投資はしない。それが金であろうと、時間であろうと」

酷い話だ。誰であっても公平に接し、商売のチャンスを狙うのが真の商売人というものではないのか。

一人でむかむかしていると、薄荷はふっと笑った。

「……三毛猫商会のそういうところが、昔から嫌いだったんです」

嫌い、という言葉に特別な感情はこもっていなかった。彼にとって三毛猫商会は、もう過去のものなのだろう。麒麟眼《きりんがん》を使わなくても分かった。

「三毛猫商会は、確かに大店《おおだな》になりました。けれどそれは、色んな方面に恨みを買ってのことです。それが商売だと分かってはいるのですが、どうにも、肌になじまず」

「でも、このひとは、後継者に指名されれば、きちんと仕事をするつもりでした」

緊張した声で入り込んできたのは、先ほどの女性だ。

「百《もも》……」

「与えられた責務や、期待された役割を果たそうと、決意していました。でも……」

百と呼ばれた女性は、苦しそうな顔をして俯《うつむ》く。

「花梨さんが、先に金色魚《こんじきうお》を受け取ったと、吹聴《ふいちょう》して回ったのだそうです」

薄荷と百が説明してくれたところによると、金色魚《こんじきうお》を作る前に、薄荷が後継者となることは、薄荷にのみ伝えられていたらしい。

その証《あかし》として、先代は捨松に金色魚《こんじきうお》の発注をした。

それが、なんらかの形で、花梨に漏れたのだ。

花梨は考えた。どうにかして後継者になりたい。実力は互角のはずなのだから、金《こん》色魚《じきうお》さえ先に手に入れてしまえば、後継者になれる。

捨松の工房に忍び込んで盗むのもいいが――新しいものを作ってしまおう。それも捨松の金色魚《こんじきうお》よりうんと早く。そうしたら誰も文句は言えない。言わせせない。

そうして花梨は金色魚《こんじきうお》を作り、さもそれを先代から受け取ったかのように演出した。

我こそは、後継者なり。

そう内外に示すために。

「結果、花梨のその行為がまかり通ったのです。結局のところ、私と花梨の実力は拮《きっ》抗《こう》していて、どちらが後継者になってもおかしくなかったのですよ」

だから、先代は花梨のその行為に、積極的な否《いな》を唱えなかった。と言うより、花梨に丸め込まれたと言った方が正しいだろう。

「花梨の立ち回りは圧倒的で、素早かった。先代が花梨を糾弾《きゅうだん》しようにも、そんなことをすれば店の中で優れたものを引き抜いて、新しい商会を興《おこ》すぞと脅《おど》されたのだと聞きました」

「なんというか、やり手だねえ」

「そうなのです。だから私は――敗北を認めることにしたのです」

そう言って薄荷は、優しく百の肩を抱き寄せる。

「幸いなことに、私には百がいました。彼女はこの銭湯『千代』の前身となる湯屋の娘だったので、その家業を共に継ぐことにしました」

「傾いていた経営も、この人のおかげで持ち直したんですよ」

百は誇らしげに微笑む。

ん？　確か後継者争いがあったのが七十年前のことで、そうすると百も七十歳を超えているはずだが。とてもそうは見えない。

「百さん、お若い……！」

「え？　ああ、私は人魚ですから、外見上は年を取らないんです。この人の三倍は長く生きているんですよ」

なんと。年の差夫婦で、姉さん女房だったのか。

密かに驚く私をよそに、白露がしみじみと言う。

「そうか、君にはもう居場所ができていたんだね」

「はい。ですからもう三毛猫商会に未練はありません。……ですが、不思議ですね。どうして二匹目の金色魚《こんじきうお》があるという噂が流れたのでしょう」

「烏天狗《からすてんぐ》から聞いたんだけど、心当たりはあるかな？」

その言葉にはっとしたのは百の方だった。

「ほらあなた、黒って烏天狗《からすてんぐ》よ。あのひと、あなたの前だっていうのに、私を大っぴらに口説いてきたじゃない」

「ああ！　あの不届き者か。しかし、なぜ彼が」

「前に言われたことがあるのよ。あんな旦那なんか追い出して、俺とここで幸せになろうって。ひょっとしたらあのひと、後継者問題を蒸し返せば、あなたがこの銭湯からいなくなると思ったのかもしれないわ」

それは、だいぶ勝ち目の薄い賭けのような気がする。

だって、薄荷が本物の後継ぎだったと証明できたところで、既に右近に代替わりしようという今になっては、遅すぎる気もする。

まあ、それだけ百さんに惚れ込んでいたということなのかもしれない。右近にとっては厄介だっただろうが。

薄荷と百の様子を見る限り、黒の妨害に意味はなさそうだけれど、それがなかったらここへ来ることもなかった。一応、感謝すべきなのかも。

「話してくれてありがとう、薄荷。三毛猫商会の右近どのには、あの金色魚《こんじきうお》は本物であると連絡しておくよ」

薄荷は肩の荷が下りたような顔で頷いた。

時間は既に夕刻を回っていて、右近のもとへは明日訪ねることになった。

私たちは白露の家に帰った。途中の屋台で買った米粉の麺と、チーズバーガーを分けっこしてお腹に納める。妙な取り合わせだけれど美味《おい》しかった。

シャワーを借りてさっぱりしたところで、浴衣《ゆかた》を羽織る。まだ九時だし、眠るには早い時間だったけれど、横になると眠気が押し寄せてきた。

春龍街《しゅんりゅうがい》の夜は存外静かだ。静寂の向こうで、何かが低くホーホーと鳴いている声が聞こえる。フクロウだろうか。

とろとろと落ちる瞼《まぶた》に抗《あらが》わず、そのまま意識を手放そうとした。

次の瞬間、窓ガラスが割れるけたたましい音が聞こえた。すぐ近くだ。

一気に覚醒した私の耳に、ちづる、と呼ぶ白露の声が飛び込んでくる。

白露は目を開けた私の腕を掴《つか》み、無理やりベッドから引きずり下ろした。

直後、ベッドが真ん中から真っ二つに割れる。

割れ……割れた⁉

眠気が吹っ飛んで、私はじたばたと立ち上がろうとする。浴衣《ゆかた》の裾《すそ》から太ももが大胆に見えてしまっているが、気にしている場合ではない。

必死に顔を上げた私の目に飛び込んできたのは、窓枠に禍々《まがまが》しく爪を立て、七本の尾をかげろうのように揺らめかせている一匹の獣だった。

黒いシルエットの中で、緑色の目が爛々《らんらん》と輝いている。先ほどベッドを真っ二つにしたのは、この獣だ。

白露は私を後ろにかばい、制止するように右手を突き出した。

「――麒麟眼《きりんがん》の娘に何か用でも？　花梨どの」

「鵺《ぬえ》めが、そこを退け。貴様らの目論見《もくろみ》は分かっているのだ」

熊ほどの大きさがあるその猫又は、油断ない目つきで私たちを見ている。

「花梨って言った？　てことは、このひとは三毛猫商会の今の当主？」

「その通り。そして、自分の罪が暴かれる前に、僕らを物理的に口止めしようとしている、往生際《おうじょうぎわ》の悪い猫又さ」

「黙れ！」

咆哮《ほうこう》が家中を震わせ、ガラス戸がぴしぴし鳴った。

けれど白露は顔色一つ変えずに、告げる。

「僕はいいが、麒麟眼《きりんがん》に手を出すのはまずいんじゃないか」

「殺すものか。我が商会にて預かろう。さぞやたくさんの金の卵を産んでくれるだろうよ」

「そんなの死んでも御免なんですけど！」

叫ぶ私に、花梨はむしろ獲物の生きのよさを喜ぶように、にたりと笑った。すると口内の黄ばんだ乱杭歯《らんぐいば》に、にちゃりと唾液が絡むのが見える。

「我が必死に守り抜いてきた秘密を暴かせるものか。三毛猫商会の当主はこの我、花梨であり、その後継ぎは我が息子、右近に他ならぬ！」

そう宣言した花梨は、苦々しげに呟く。

「右近の奴め、真贋《しんがん》鑑定などを依頼しおって……！　物証のない噂など、捨て置けばよかったものを」

「そうか、右近はあれが偽物だと知らなかったんだね。だからあれが本物だと信じて、噂をかき消すためだけに、僕に鑑定を依頼したのか」

花梨は鼻で笑う。

「そも、あれは偽物ではない。今の我を見よ。三毛猫商会の当主は我であり、その我に与えられたのであれば、あの金色魚《こんじきうお》は本物に他ならぬ。ただ、捨松が作ったものではないというだけだ」

七十年前と同じ詭弁《きべん》を弄《ろう》し、老いた猫又は胸を張る。

けれど、この猫又が築き、繁栄させた七十年は、決して偽物ではない。花梨が当主であったという歴史は、否定できるものではないのだ。

白露も気づいているのだろう。声を和《やわ》らげて言う。

「僕らはお前の秘密を暴く気はない。あれは本物だったと右近には言う予定だ。まあ、口止め料を貰うにやぶさかではないけどね」

「はっ、秘密を知った者を生かしておくと思うのか？」

七本の尾の先端が妖《あや》しく光る。それぞれの尾の先端に緑色の光が灯り、白露めがけて一斉に放たれた。

けれど白露は、禍々《まがまが》しい熱を帯びたそれを腕の一振りであっさりと打ち消した。

続けざまに光弾が放たれるが、全て白露に吸収されているようだった。

「このっ、不埒《ふらち》ものめが！」

ぶわりと全身の毛を逆立てる花梨。が、その体が窓の外に弾き飛ばされる。

白露が思い切り蹴ったのだ。花梨の巨躯《きょく》を、まるでボールか何かみたいに。

「ちづる。ちょっとだけ、待っててね」

そう言ってへらりと笑うと、白露は窓の外に躍り出た。私はずたずたになった窓とガラスに注意しながら、ふたりの行方《ゆくえ》を視線で追う。

空中に浮かび対峙する白露と花梨。老いた猫又は光弾を飛ばし距離を稼ごうとするが、それらは全て白露に吸い込まれてゆく。

「のらりくらりと……！　これだから鵺《ぬえ》は信用ならん、この世の理《ことわり》に反する！」

「そういう力なんだ。すまないね」

白露はとん、と屋根を蹴ると、花梨の上を取った。そのまま右腕を振りかぶる。その腕は、毛の生えた剛腕に変貌していた。細い白露の体に似つかわしくないほど、荒々しくて野蛮な獣の腕。かぎ爪は月光に黒々と光り、花梨の老いた肉体など容易《たやす》く切り裂いてしまいそうだ。

月夜に朗々《ろうろう》と響く声で白露は告げた。

「麒麟眼《きりんがん》には手出し無用。もし約束を違《たが》えれば、僕の爪が君を引き裂くだろう。七十年店を守り続けた由緒正しい猫又だって、僕は容赦しないよ」

「この……！」

「僕らは何も見なかったし聞かなかった。あの金色魚《こんじきうお》は本物だ。——さあ、これでいいだろう。僕もあやかしを殺したくはない」

白露の目が赤く染まる。赤光は月光よりもギラギラと、凶兆の名にふさわしく輝いている。

実力の差は圧倒的だ。敵わないと悟った花梨はぐうと唸《うな》り、「二度と三毛猫商会の敷居をまたぐなよ！」と吐き捨てて、闇夜に消えていった。

白露は腕を元に戻しながら、ふわりとこちらへ戻ってくる。

「怖い思いをさせたね。すまなかった。怪我はないかな」

「ない。あんたは？」

「僕も無傷さ、ありがとう。……ああ、ベッドがこれじゃ、今日はここで眠れないね」

申し訳なさそうな顔をする白露の腕に、私は思わず手を伸ばす。毛だらけだった腕は、いつもの成人男性の手に戻っている。その指を確かめるように強く握った。

「なあに、ちづる？」

「……今日は白露の部屋で寝る」

「おやおや、夜這《よば》いはお断りだよ」

「別にあんたの部屋じゃなくても、居間のソファでもいい。――今日は一人で寝たくないの」

それを、花梨の襲撃で怯《おび》えたからだと思ったのだろう。白露はへにゃりと申し訳なさそうな顔になって、じゃあ居間で寝ようと言ってくれた。

家じゅうからかき集めた布団を、ソファと床に敷き詰めて、クッションを大量に持ち込む。別に寂しいわけじゃない。花梨が怖いわけでもない。

あれだけの力を持つ白露の、孤独が切なかった。

凶兆だから。不吉だから。強いから。

皆が白露を遠ざけ、疎《うと》んじ、蔑《さげす》んでいる。

本当は、こんな風に私を気遣ってくれる、優しいあやかしなのに。

床の布団に身を横たえている白露を、ソファの上から見ていると、彼がまた情けなさそうに眉尻を下げた。

「さっきの。ちづるを怖がらせちゃったかな」

「ううん。怖くないよ。守ってくれて、ありがとう」

そう告げると白露は少しだけ表情をほころばせた。

「白露、もう寝る？」

「うん？　まだ話したいのならいくらでも」

「あんた、本当に地図が読めないの？」

白露が片眉を上げ、ちらと私を見た。

「ほんとに読めないけど、なんでそんなことを聞くのかな」

「どうして白露は私を春龍街《しゅんりゅうがい》に連れてきたのかなって思って。真贋《しんがん》鑑定をさせたかっただけ？」

「真贋《しんがん》鑑定はついでだよ。――こんなことを言うと気分を害してしまうかもしれないけど、君がずいぶん乾いていたから」

「乾いていた?」

「そう。何も信じられなくって、疲れてて、抜け殻《がら》みたいになってただろ。あれじゃあんまりかわいそうだ。麒麟眼《きりんがん》のいるべき場所、春龍街《しゅんりゅうがい》に連れていけば、少しはましになるかと思った」

残業を押し付けられて、聞きたくもない本音を鼓膜と網膜に刻まれていた、地下鉄の中の私。

白露はそれを、乾いていた、と表現した。

そうだ、私は乾いていたのだ。ずっと何かに餓《かつ》えていた。

「白露はすごいね。美術商じゃなくて探偵をやってもいいかも」

「あはは。でも多分、君にだけだ。君は、周りに人がたくさんいるのに、孤独を感じているだろう。そういう眼を持っているから」

「ん」

人の本音や真実を、人間の身でありながら勝手に暴く、麒麟眼《きりんがん》を持つ私。

一方で、他者と接したいと思っても、周りから疎《うと》んじられる、鵺《ぬえ》という生き物。

さみしいのだ。私たちは、私たちの性質ゆえに、誰とも手を繋げない。

そのさみしさに、白露は気づいてくれた。

白露はさみしいなんて口にしない。態度にも示さない。

けれど、私のさみしさに気づいてくれるだけの心があるのなら、鵺《ぬえ》の孤独は辛いだろう。

私はなんだか泣きそうになって、布団を頭の上からかぶる。

白露は私を分かってくれる。それだけでも、春龍街《しゅんりゅうがい》に来て良かったと思ってしまう。

嫌な思い出しかない街の印象が、新たな出会いで上書きされた気分だ。

人間社会に戻るモノレールが再稼働するまで、あと一週間もない。白露と一緒にいられるのもそのくらいなのだと思うと、名残惜《なごり》しい気持ちになる。

誰にも打ち明けられなかった孤独を理解してくれた白露と、これからも連絡を取ることができたらいいのに。そうしたら、今の会社で働くのだって、きっとそんなに苦じゃなくなる。

少しでも白露との思い出を作りたくて、私は提案した。

「明日、三毛猫商会に朝一で行って、その後『千代』で朝風呂しない？」

「わあ、いいねえ。賛成～」

のんきな声を聞きながら、毛布の中で身を縮める。隣で白露ももぞもぞとしていたが、その音がやむより早く、私は眠りの海に沈んだ。

＊

「あー……やっぱり朝風呂ってサイコー……」

三毛猫商会が開いてすぐ、私たちは鑑定結果を伝えに行った。

本物だと告げると、右近はその鑑定の根拠を聞いていないのに、飛び上がらんばかりに喜んだ。

右近は中で茶を飲んで行けと（主に私に）言ったが、私たちは丁重《ていちょう》にお断りして、店先を辞去した。

昨日、花梨が私たちに襲い掛かってきたことは、話さないでおいた。だって、自分の親が、鵺《ぬえ》の前から文字通り尻尾《しっぽ》を巻いて逃げ出したなんて、聞きたくもないだろうから。

その足で『千代』に向かう。

百が私たちを通してくれたのは、こぢんまりした貸し切り露天風呂だった。この間佐那と浸《つ》かった大浴場の外にあって、風が気持ちいい。

しかも、朝の春龍街《しゅんりゅうがい》を眺められるのだ。なんて贅沢《ぜいたく》な露天風呂！

男女混浴かと一瞬身構えたが、脱衣所は別だったし、丸いお風呂の真ん中にもちゃんと壁があった。ほっとしながら、露天風呂で悠々と手足を伸ばす。

「お風呂っていいねえ……特に朝風呂は、たまらないねえ……」

隣から感無量といった様子の白露の声が聞こえる。上がったらキンキンに冷えた牛乳を飲んで一息ついて、ブランチにちょっといいご飯とランチビールでもたしなみたい気分だ。

「にしても、捨松が作った本物の金色魚《こんじきうお》、ちょっと見てみたかったな」

「そうだねえ。あの店にぶら下がっている方は、ちょっと品がなかったし」

「薄荷は、本物の金色魚《こんじきうお》を受け取ったのかな」

「捨松の手元にないのならば、薄荷の手元にあるだろう。捨松は自分の作品に誇りを持っている職人で、作品が誰のもとに渡るかを重視していたからね。もっとも、薄荷がそれをどうしたのかは分からないが」

「本物は『千代』の経営のために売り払ったとか？　私だったらそうする」

「あはは、ちづるらしいな。僕ならどうするかなあ。手放すの、ちょっと惜しいような気もする。だってあれは一応、先代から実力を認められた証《あかし》になるわけだし」

「そっか、確かに」

私は向きを変えて『千代』の建物を見上げる。朝の光を受けて、ステンドグラスがきらりと美しく輝いた。

「――あ」

思わず腰を浮かせる。『千代』のどのお風呂にも備え付けられている、豪華なステンドグラス。七色に光る見事なガラスは、もしかして。

かつて魚の形をしていたものを、ばらしたものなのでは？

佐那も、あのステンドグラスは夜になると動く、なんて言っていたし。

「……」

麒麟眼《きりんがん》を使いかけて、やめる。

あれほど綺麗なものの真贋《しんがん》を暴くなんて、なんだか無粋だ。

それより今は、この見事な湯を堪能しよう。私の抱える孤独を知る、鵺《ぬえ》と共に。

第二章 生前棺桶

春の夜はまだ寒いけれど、アイスはまた別腹だ。

そう主張する白露のために、私はおつかいに出ていた。

近くのコンビニのような個人商店でアイスを買った帰り、私は店の外に置かれたスタンドのフリーペーパーを凝視していた。

「そういえば、あやかしってどんな仕事に就くんだろう。会社でパソコンと向き合ってるみたいなイメージないけど、派遣とかあるのかな」

フリーペーパーを手に取り、ぱらぱらとめくってみる。記載されている求人情報は、人間社会のものとさほど変わらない。時給、勤務時間、求める人材。

思った通り、デスクワーク的なものは全くなかった。占い師、失せもの探し、金物屋、爪とぎ屋などのサービス業の求人が多い。

「ふうん、獣人専用求人コーナーとかあるんだ。なになに、長毛種の方はご遠慮ください、か……あやかしも色々大変だね」

いるせいだろう。
呟《つぶや》きながらページを繰《く》る手が止まらないのは、人間でもできる仕事がないか探して
もちろん見るだけだ、本気で応募するわけじゃない。
でも白露と会って、春龍街《しゅんりゅうがい》に来てから、人間社会で勤めていた会社に戻るという
イメージがわかないのだ。あと数日でモノレールが開通したら、嫌でも会社に戻らな
ければならないのに、自分でもどうしてこんな気持ちになるのかが分からない。
「うーん。いや、でも、無理だよね。人間が春龍街《しゅんりゅうがい》で働くなんて」
私はフリーペーパーをスタンドに戻し、それから少し考えてもう一度手に取り、を
二回ほど繰り返し、結局それを小さく畳んで、隠すように白露の家に持ち帰った。
「ただいま。はいアイス」
「ありがと。んん、なんかちょっととけてない？　寄り道しただろ、ちづる」
「べっ……別に、寄り道とかはしてない」
白露はふうんと言って私を見ている。とけかかったバニラアイスをスプーンですく
い、せっせと食べながらも、私をじいっと見つめたままだ。
その視線に根負けしたのは私の方だった。
「……分かったからそんなに見ないで。寄り道してたっていうか、求人を見てたの」

「求人？　春龍街《しゅんりゅうがい》の？　なんでまたそんなものを」

「見てただけ！　なんて言うか、春龍街《しゅんりゅうがい》で生活することってできるのかな、と思って。白露の言う通り、誰かの本音が飛び込んでこない状況って快適だし、楽しいし……なーんて、モノレールが復旧するまでの妄想みたいなものだけど！」

全然本気じゃないですよ、という態度を装《よそお》って言うと、白露がとんでもないことを口にした。

「春龍街《しゅんりゅうがい》で暮らすこと、考えてみてもいいと思うよ。君はここに順応できてるみたいだし。それに、モノレールは当分復旧しないようだから」

「えっ？」

「新聞に載ってた。原因不明だけど、人間社会に向かうモノレールが全然稼働しないんだって。術者を呼んで調査してるみたいだけど、復旧見込みは立ってないらしい」

「そ……そうなんだ。あ、会社への連絡、どうしよう」

「ちづるはちゃんと届け出をしてるから、人間社会の……ええと、外交省だったかな、そこから会社に連絡がいくようになってるみたいだよ」

私が呆然としていると、白露がスプーンをくわえたまま、不思議そうに首を傾げた。

「どうしたの？　ちづるは会社に行きたかった？」

「そんなわけないじゃん！　ただ、何か見えないものに背中を押されてるみたいで、ちょっとびっくりしただけ」

モノレールが当分復旧しないなら、その間私は春龍街《しゅんりゅうがい》に足止めになる。どのくらいの期間になるかは分からないけれど、ここで生活することになるのだ。

少しどきどきしながら、折り畳んだ求人フリーペーパーを机の上に置くと、白露が驚いたような顔になった。

「バイトするの、ちづる？」

「いや、なんとなく、どんな仕事があるのかなって思って。白露には食費とか出してもらってるし、いつかは返さなきゃいけないでしょ。それにいつまでも白露の家にお世話になるのも、ちょっと気が引けるし」

「そんなこと気にしないで、うちにいなよ」

「……いいの？」

本音を言うと、その申し出はとてもありがたかった。今から新しく家を探すのは大変そうだったし、何より白露と一緒にいられるのが心強かった。

それに、一緒にいれば、この謎めいた鵺《ぬえ》のことを、もっと知ることができる。

白露は上機嫌な様子で頷いた。

「もちろんさ！　君の麒麟眼《きりんがん》のおかげで、三毛猫商会の問題が片付いたわけだし。お金のこととか考えなくていいから、ここでのんびりしていきなよ。それで気が向いた時にでも、僕の仕事を手伝ってくれると助かるんだけどね」

「ここに置いてもらえるなら、そのくらいはするよ」

「おや、本当かい？」

白露ががたりと立ち上がり、飴色のライティングビューローから、ごっそりと手紙の束を取り出した。

「ちょうどいい。真贋《しんがん》鑑定の仕事なら、この通りたっぷりたまってる」

「た、ためすぎじゃない？」

「君のためにとっておいたのさ」

そううそぶいた白露は、にっこり笑って、塔を模したレターオープナーを手に取る。

「開封もしてなかったの」

「見ちゃうと行かなきゃならなくなるだろ」

ざくざくと手紙を開封しながら、白露はやけに上機嫌だ。

よっぽど私の麒麟眼《きりんがん》──本音、本心、ほんとうが見える力が便利だったのだろう。

「ちづるはすぐ帰っちゃうと思ってたから、君とまた仕事ができるのは嬉しいよ」

「嬉しい？」

「だってほら。あの金色魚《こんじきうお》の謎を解いた時、楽しかっただろう」

三毛猫商会から依頼された、金色魚《こんじきうお》の真贋《しんがん》鑑定。

結局あれは偽物で、本物は銭湯『千代』の店主の手に渡っていた――

確かに、あの謎を二人で追っていく感覚は、悪くなかった。

けれどそれを認めるのは少し癪《しゃく》で、私はつい意地悪く言ってしまう。

「猫又に襲われるおまけつきだったけどね」

「それはほら、ああいう刺激があった方が、達成感が増すというか」

そう言いながらも、白露の手は手紙をさっさと仕分けている。ざっと数十通はありそうだけれど、本当に全て対応するつもりだろうか。

尋ねると白露は少し寂しそうに笑った。

「大丈夫。どうせ全てを引き受けることなんてありえないんだから」

その言葉の意味を、私はすぐ知ることになる。

＊

『お前が鵺《ぬえ》なら頼まなかった。依頼は忘れてくれ』

『あー……っと、一応真贋《しんがん》鑑定してもらいたいものは、縁起物でさァ。先方の傘寿《さんじゅ》に贈るもんだから、鵺《ぬえ》が関与したってェなると、ちぃとまずいのサ。すまねェが、依頼の件はなかったことにしつくんな』

『真贋《しんがん》鑑定なんて鵺《ぬえ》にできるの？　そりゃあ力は強いでしょうけど……。え、そっちの人間は麒麟《きりん》眼《がん》の持ち主？　それを早く言ってよ、お願いするわ！　あ、お値段なんだけど、少しまけてくれないかしら？』


――とまあ、この対応である。

良く言えば素直、悪く言えば図々しくて悪意があって信じられないほど情に欠けた言葉を浴びせられ、私はすっかり腹を立てていた。

でも白露のお客さんに怒るわけにもいかないので、結果として白露に怒りをぶちまけてしまっている。

「依頼をしてきたのは向こうなわけでしょ？　それを、こっちが鵺《ぬえ》だからって勝手に取り下げるなんて、ちょっと勝手すぎない？」

「こんなの日常茶飯事だからさ、ちづるはちょっと落ち着きな」

「あんたはもう少し怒りなさいよ！」

最初の方こそこんなやり取りをしていたが、だんだん疲れてきてしまった。

だって皆、白露のことを見ようともしないし、話さえ聞こうとしないのだ。

鵺《ぬえ》だから、ただそれだけの理由で無礼な門前払いを食らわせる。

十人のあやかしがいたら八人近くは、そうやって私たちを追い払った。残りの二人も、芳《かんば》しい反応をくれたのは貧乏神《びんぼうがみ》くらいで、他は私の麒麟眼《きりんがん》頼みといったところが大きい。

初めの方こそいちいち怒っていた私も、悲しいことに、追い払われるのに慣れてきてしまった。傷ついているだろう白露の気持ちをおもんぱかっても、その表情はいつもの通り飄々《ひょうひょう》としている。

私は白露の家への帰り道、夕暮れに染まった街の中で呟いた。

「なるほどね」

「ん？　どうした、疲れ切った顔をして」

「あんたがすごいってことがよく分かったのよ」

「あ、僕を褒《ほ》めるってことは、何かのおねだりの前触れだね？　しょうがないなあ、あっちの居酒屋でとっておきの純米吟醸をあけてあげよう」

「純米吟醸……にも惹かれるけどそうじゃなくって。どうしてあんな扱いを受けて、ねじ曲がらずにいられるの」

私は、ねじ曲がった。

人の本音が見えるから、裏と表の違いが見えてしまうから、他人の好意も悪意も何もかも信じられなくなった。

どうして本音通りに振る舞えないんだろう、なんて子どもじみたことはもう考えていない。本音と建前が違うのは、人間として生きていこうと思うなら、当たり前のことだ。

何よりも腹立たしいのは私の能力だ。

人間に真実を見抜く眼は必要ない。いらないのだ。そんなものあったって、生きにくくなるし、他人から私を遠ざけるだけ。

苦々しい思い出を振り返っていると、白露が不思議そうに言った。

「ちづるもねじ曲がってないだろ」

「え？　そんなことないよ、もし私が白露みたいな扱いを受けたら、怒って塩まいて二度と手紙をよこすなって中指を立ててるかも」

「僕だってそうするよ。ただこの仕事は、邪険にされるばかりじゃないからね。ほら、純米吟醸を飲みたい人はどこかな?」

既に白露は、お店の暖簾《のれん》をくぐりかけている。

そのとび色の眼差しは、優しく私に注《そそ》がれていて。

私は降参するみたいに右手を挙げた。

「……ここです」

「よろしい。さて、今日の肴《さかな》はなんだろね」

私は誘われるまま、彼と共に店に入る。

白露は食虫花を模したおちょこ、私はグラスのぐい飲みで、日本酒を飲み始めた。

魚をメインとしたおつまみは、大葉や生姜《しょうが》のような薬味がきいていて、とてもお酒に合う。

人間社会で流行《はや》っている女優の話をしていると、カウンターに立っていた店員が、刺身の盛り合わせを出してきた。

頼んでいないのに変だなと思っていると、その店員が少し照れくさそうに言う。

「サービスです。白露さんにはお世話になっていますから」

「ああ、梓《あずさ》さん。ご無沙汰してます」

白露がにこやかに挨拶《あいさつ》している。知り合いだろうか?

自己紹介をしてから話を聞いてみると、この梓という店員さんは、白露の昔の依頼人だったらしい。

「あの時は本当にお世話になりまして……！　店主が大切にしていたリキュールグラスを割ってしまって、代わりの物を探す必要があったのですが、白露さんが見事にやり遂《と》げてくださったんです」

「そんなことがあったんですね」

「あれがなければ、私は今もこの厨房に立ち続けることはできなかったでしょう。本当に感謝しているんです」

梓さんはそう言って仕事に戻っていった。

白露はほくほく顔で刺身に手を伸ばしている。わさびにつんとしている顔はのん気そのもので、シリアスに考えていた自分が馬鹿らしく思えてくる。

「言っただろ？　邪険にされるばかりじゃないって。お礼を言ってくれる人もいるんだから、そう悪いことばっかりでもないのさ」

「そんなの、ちょっとだけでしょ」

「ちょっとでも、返ってくるだけ儲《もう》けものだろ。こんなに美味《おい》しいお刺身が食べられるんだしさ」

そううそぶいた白露は、勢いよくおちょこをあおり、お代わりをどぶどぶ注《つ》いだ。

おちょこから溢《あふ》れたお酒をおしぼりで拭きながら、私は他人に求めすぎていたのかもしれないな、と思う。これだけ苦労して、耐えて、頑張ったんだから、ご褒美《ほうび》があって当然だと、どこかで思い込んでいたのかも。

白露みたいな考え方ができれば、多少はましな性格になるだろうか。そうだといいと思いながら、私はお水を頼んだ。

＊

翌朝、だらしない浴衣《ゆかた》姿で台所の床にのびている白露を発見した。

「白露ってお酒弱いんだね？　それならあんなペースで、しかもちゃんぽんで飲んじゃだめだよ」

症状は明らかに二日酔い。顔が真っ白になっている。

昨日、ちょっといいこと言っている、と感心した矢先にこれである。どうやら白露というあやかしは、抜けているところがあるらしい。

「っていうかちづるも、僕と同じくらい飲んでなかったっけ？」

「ペースには気をつけてたよ。水も飲んでたし」

「いや、絶対僕より飲んでたよ。君、もしかして、ザル……？」

「まあ、飲み会では最後まで正気を保ってるタイプかな。っていうか、純米吟醸、ビール、焼酎、ワインって飲み合わせ、普通にやめた方がいいと思う」

「ううう、二日酔いのあやかしに正論を説くのは、やめてください……」

私は床でのびている白露をまたいでお湯を沸かし、ブラックコーヒーを淹《い》れた。白露は「今水以外のものを飲んだら吐く」と自信ありげに言うので、自分の分だけ。

それをバルコニーに持っていって、ちびちびと飲みながら、朝の喧騒《けんそう》を楽しんでいると――

トントン、とノックの音が聞こえてきた。

「誰？」

「お客さんだ」

白露が根性でのそりと立ち上がる。とんとん、と足を二度踏み鳴らすと、だらしない浴衣《ゆかた》姿から、いつもの渋い色の着物姿に変わった。

そうすると顔がいいから凛々《りり》しく見えるのだが、口から出る言葉と言えば……

「あーまずい動いたら吐く」

「私が出る。それまでになんとかしなよ」
「無茶言う……！」
この状態でお客さんを通して大丈夫なのか。第三者の前でマーライオンを披露《ひろう》する
ことにならないといいがと思いつつ、玄関を開けると。
「おはようございます！　こちらは美術商どのの事務所でしょうか！」
はきはきと挨拶《あいさつ》をしたのは、黒髪をきっちりと結い上げ、白を基調とした着物をま
とった長身の女性だった。
身長がすごく高い。多分百七十センチは優に超えている。
その目は爛々《らんらん》と金色に輝いていて、きりりと太い眉が特徴的だ。口元には鋭利な牙
が覗いている。
そして何より目を引いたのは、頭の上にぴょこんと生えている、真っ白な耳だった。
もふもふの、真っ白な、耳。
その耳を動かしながら、女性ははつらつと名乗りを上げた。
「私、犬神族の小春《こはる》と申します！　玉緒《たまお》と冬彦《ふゆひこ》の娘なれば、この牙むやみに振るわぬ
ことを誓約致しまする」
そうして小春は私を見る。

「む。麒麟眼《きりんがん》の女性とは。美術商にうってつけのお方ですな。して、店主はいずこでしょうか」

「あの、なんの御用でしょうか」

尋ねると小春は、はきはきと大きな声で叫んだ。

「鵺《ぬえ》どのに、棺桶の真贋《しんがん》鑑定を依頼したく、参上した次第です！」

うわん、と耳奥に響くほどの声。彼女からは、びっくりするほどまっすぐな本音が伝わってくる。言葉と本心が全く乖離《かいり》してないタイプだ。

たいていそういう人ほど、怖いものだ。恐れ知らずの向こう見ずで。

私は恐る恐る彼女を中に案内する。

よく見れば小春のお尻にはふさふさと真っ白な尻尾《しっぽ》が生えていて、大きな体躯とあいまって、廊下に積んだ本をばさりとなぎ倒してしまいそうだった。

けれどさすがにあやかし、彼女はしなやかな身のこなしで私の後をついてくる。

「こちらへ、どうぞ」

静かな白露の声が右手から聞こえてくる。

応接室だ。この家の中で唯一物の少ない、すっきりとした場所。

そこにある緑色の革張りのカウチに腰かけて、白露は小春をじっと観察していた。

「……」

麒麟眼《きりんがん》を使うまでもない。白露は今気持ち悪くて死にそうになっている。

小春は鼻をぴすぴす動かしながら、白露の視線を受け止めていた。犬神族というのがどんな種族か知らないけれど、犬のように鼻がきくとしたら、白露から漂《ただよ》うお酒の匂いにばっちり気づいていそうだ。

「失礼。どうぞお座りください」

「気分が優れないのなら、出直した方がいいでしょうか？」

「ただの二日酔いですので。ああ、自己紹介を忘れていました。私は白露、麒麟眼《きりんがん》の彼女はちづるといいます。……それで、棺桶の真贋《しんがん》鑑定、と仰《おっしゃ》っていましたね？」

小春は白露の前に座り、頷いた。

「然様《さよう》にございます。正確に言うと、我らが族長の棺桶になります」

「失礼ながら、棺桶の真贋《しんがん》鑑定という言葉の意味がよく分からないのですが。本物の棺桶、とは一体どういうものでしょう」

「ああ、これは私の方こそ失礼を致しました。我が犬神族の風習をご説明するところから始めなければなりますまい」

そう言って小春は、彼らに伝わる葬儀の風習について説明してくれた。

「我ら犬神族が、森を愛するあやかしであることは、鵺《ぬえ》どのも麒麟眼《きりんがん》の持ち主様もご存じでありましょう。木々に暮らし、森に遊ぶ我らにとって、森の木はとても大切なもの。我らの一生を見守る、守り神のような存在です。ゆえにこそ、我らは死してのち、愛した木を用いて棺桶を作りまする」

「聞いたことがあります。亡くなられる前に、全て自らの手で作られるそうですね」

「ええ。生前棺桶、と我らは呼んでおりまする。愛した木を伐《き》り棺桶を作って、そこに愛した物事を彫る。武人として生きた犬神ならば、刀を。母として生きた犬神ならば、その子らを。自らの手で彫るものもいれば、専用の彫師に頼むものもおります」

なるほど。生きているうちから自分の眠る棺桶を作るということか。

メメントモリ――死を思いながら生きよ、というある種の哲学なのだろう。

「なるほど。では、棺桶の真贋鑑定《しんがん》というのは……」

「はい。族長は生前二つ棺桶をこしらえておりました」

白露は明らかに吐き気をこらえている顔で尋ねる。

「それはよくあることなのですか？」

「普通の犬神族は、一つしか棺桶を作りませんが……族長ですので、より優れた棺桶を作ろうと思ったのやも」

そう言って小春は困ったように眉根を下げた。

「いずれも完成しており、意匠《いしょう》もほぼ同じものでして、どうにも判断がつかぬのです。棺桶が二つに遺体が一つでは計算が合いませぬ」

それもそうだ。遺体を二つに分けるわけにもゆくまい。

この依頼、白露は受けるのだろうか。

個人的には厄介ごとを押し付けられているだけのような気もする。棺桶が二つあって決められなくて、その責任を鵺《ぬえ》である白露に負わせようとしているんじゃないか。族長ともなれば、色んな派閥とか政治とかもあるだろうし。そんないざこざを丸め込むために真贋《しんがん》鑑定を依頼されたんじゃ、たまったもんじゃない。

私はこんな風に、意地の悪い見方をしてしまうけれど、依頼を受けるか受けないかは白露が決めることだ。

そして白露は、基本持ち込まれた依頼を断らない。たとえ二日酔いであっても。

「分かりました。真贋《しんがん》鑑定、お引き受け致しましょう」

「かたじけのうございまする！　いやあさすがは鵺《ぬえ》どのの美術商。ご決断が早くていらっしゃる」

尻尾《しっぽ》をぶんぶん振りながら豪快に笑う小春。

「ではさっそく……と申し上げたいところですが、二日酔いを醒《さ》ましてからの方がよろしいですね。また明日出直します」

「恐縮です……」

うぷっと口を押さえる白露に、私と小春は同時に後ろに飛びすさるのだった。

*

小春とは翌日、犬神族の元族長の家で待ち合わせをすることになった。

お酒の抜けた白露と共に、春龍街《しゅんりゅうがい》のメインの交通機関である路面電車に乗り込む。

ぶよぶよの影、猫又に一本唐傘《いっぽんからかさ》といった多種多様なあやかしと共に、緩やかな速度で進んでゆく路面電車に揺られると、なんだか瞼《まぶた》が重くなる。

「くあ……ふ」

「おっきなあくび。乙女の恥じらいとかないの」

「昨日床で吐きながらのびてた人に恥じらいを説かれてもねえ」

「やぶへびだったか。その節はどうもお世話になりました」

「いえいえ、二日酔いの時はお互い様です」

そんなのどかな会話をしているうちに、電車は街の外れに到着した。

木々が鬱蒼《うっそう》と生《お》い茂り、本当に森といった様子だ。

「ふうん。春龍街《しゅんりゅうがい》って、街って言うわりには自然が多いんだね」

「春龍街《しゅんりゅうがい》というのは、名前に街こそ入っているが、全てが建物とコンクリートに覆われた都市というわけじゃないんだよ。実際は、ここに住み着いたあやかしたち、全ての生活圏が含まれてるんだ」

そんな話をしていると、森からひょっこりと白い耳が飛び出した。

「白露どの！　ちづるどの！　お待たせ致しました」

小春だ。腕についた木の葉を払いながら、

「ここから族長の家までは、我ら犬神族の足で三十分ほどです。先導致しましょう」

と言う。彼女の言葉に、白露はやれやれといった表情を浮かべた。

そしてそのまま、私を横抱きに担ぐ。俗にいうお姫様抱っこだ。

「何⁉」

「犬神族で三十分ってことは、人間の足では三時間くらいかかるだろうから、運んであげる。大人しく担がれているように」

「おお、鵺《ぬえ》とかけっこするのは初めてのことです！　楽しみだ！」

「いや、かけっことかそういうのでは」

白露が押し留めるより早く、小春は駆け出してしまった。

天を仰ぎながら、白露もまた足に力を込める。

「二日酔いが治って本当によかったよ」

そう言うなり白露は宙に舞った。いやもう、宙に舞うという表現しかできないのである。

地面を走るという発想のないこの鵺《ぬえ》は、生《お》い茂る木々の枝を踏み台に飛ぶ、飛ぶ。

鵺《ぬえ》に猿って混じっていたっけ？

飛んでいる白露には大したことではなくても、抱えられている私にとってはジェットコースターのような上下運動の連続に、ただ彼にしがみついているしかできない。

「はく、ろっ」

「黙ってた方がいいよ、舌噛む」

「疾風《はやて》のようですな、白露どの！　しかし私も負けませぬ！」

地面を疾駆《しっく》する小春は、なるほど白露に負けず劣らず速い、ようだ。私の動体視力では、白いものが私たちに追随《ついずい》してきている、くらいのことしか分からないけれど。

それでも、白露はしっかりと私を抱えてくれていたので、落とされる心配はなかった。それに、太ももに添えられた手には、力を入れすぎないようにという優しさを感じる。私はそれに応えるように、しがみつく手に力を込めた。

あやかし二人のかけっこは、白露の辛勝《しんしょう》だった。

「なんと！　この私がかけっこで負けるとは！　さすが鵺《ぬえ》は違いますな！」

爽《さわ》やかな笑みを浮かべている小春は、あまり息が上がっていない。

対する白露は、ぜえぜえと肩で息をしていて、いくら私というハンデがあったにしても、酷い様子だった。

私は白露の腕から滑り降り、汗をかいている彼の顔を覗き込んだ。顎《あご》を伝う汗を、ワンピースの袖《そで》で拭ってあげる。

「小春さんに接待かけっこされちゃったね、白露」

「それでも……勝ちは勝ち、だからね！」

意外と負けず嫌いな白露の息が整うのを待って、私たちは目的地の家をまじまじと見上げた。

素朴な木造家屋だ。けれどやたらと上に伸びていて、木造なのに、十階以上はあるように見える。あやかしの術でも使われているんだろうか。

家の横には木々が好き勝手に葉を茂らせて、穏やかな木漏れ日が玄関に降り注《そそ》いでいた。自然の香りが漂《ただよ》う、素敵な家だ。

「族長は大家族でありましたゆえ、このように大きな家になっております。まずは中でお茶でも」

「ああ、気にしないでください。それよりその棺桶を見たいのですが」

「よろしいのです？　ではご案内致しましょう」

小春は家の裏手に私たちを案内する。

途中で、小春に似た姿の犬神族とすれ違ったが、彼らは礼儀正しくお辞儀をすると、そそくさと立ち去ってゆく。花かごを持ったり、大きな銀食器などを運んだりして、忙しそうだった。

「あれは族長の娘さん方ですね。葬儀の準備で忙しいのでしょう」

「お葬式……と言うわりには、なんだか準備しているものが派手なような？」

「葬儀はめでたいものでしょう？」

小春はきょとんとした顔で言う。

「肉のくびきを離れ、魂《たましい》だけの存在になるのです。そうして私たちを見守る祖先の席に名を連《つら》ねる。ああ、どれだけ心安らぐことでしょうね」

常に凛々《りり》しい表情だった小春の顔に、郷愁《きょうしゅう》めいた色がよぎる。麒麟眼《きりんがん》を使わなくったって分かる、彼女は死を怖がっていなかった。

「犬神族は、死を終わりではなく、始まりと捉《とら》えるのでしたね」

白露の言葉に、小春はこくんと頷く。

「死とは新たな世界に足を踏み入れること。成人の儀のようなものです。ゆえに我ら犬神族は、死んだ仲間を――とりわけ、本懐《ほんかい》を遂《と》げて大往生《だいおうじょう》した仲間を寿《ことほ》ぎます」

だから、と小春は言葉を継ぐ。

「族長には、自分が眠りたいと思う棺桶で、死後の穏やかな時間を過ごしてもらいたいのです。それに値する、素晴らしい方なのですから」

にっこり笑いながら、小春は、もうすぐですと言った。

私は隣を歩く白露を見上げる。

それから唇を舐《な》め、小春に質問をぶつけた。

「そんなおめでたい儀式の前に、鵺《ぬえ》が姿を現していいのでしょうか」

白露が、詰めていた息をふーっ、と吐く。

この問いは差し出がましいものだっただろうか。けれど、白露に自分で自分を傷つけるような、質問をさせたくなかった。

勝手に一人でどきどきしている私に、小春が不思議そうな顔でこう言った。

「なぜ？」

その素朴な質問が答えだった。私と白露はほとんど同時にため息をつく。それは安堵ゆえか、自分の愚《おろ》かさへの後悔ゆえか、分からない。

「ああ、確かに鵺《ぬえ》どのは、凶兆をもたらすものと言われていますが、死者に凶兆も何もありませんからね」

からからと笑う小春は、足を止めて白露に向き直った。

「白露どの。私は百どのの口添えであなたのもとを訪ねたのですよ」

「百さん……ああ『千代』の人魚の！」

少し前、白露が真贋《しんがん》鑑定を依頼された金色魚《こんじきうお》。本物の金色魚《こんじきうお》を贈られた薄荷——銭湯『千代』の主人——が愛した人魚の名前を、百という。

「百どのはいたく感謝しておりました。白露どのは沈黙の価値を理解しているお方だと。そして、我ら依頼人のことを考えてくださる方だと」

「それは……買いかぶりすぎ、ですね」

苦笑する白露に、小春はまた朗《ほが》らかな笑みを返した。

「我ら犬神族は、信を置く者の言葉を、この耳でよく聞くことにしています。巷《ちまた》に広まる噂はどうにも信用なりませぬので」

その言葉に私は自分の思い込みを恥じる。

最初、小春たちは白露に厄介ごとを押し付けようとしているのだと思った。棺桶が二つあって決められなくて、その責任を鵺《ぬえ》である白露に負わせようとしているんじゃないか、と。

けれど実際は、白露の仕事を見込んで依頼しに来てくれたのだった。

「白露、今私が何考えてるか分かる？」

「分かるさ。僕も同じ気持ちだからね」

「あーもう自分が恥ずかしい。白露、絶対小春さんたちの役に立とうね」

「もちろん」

白露はどこか嬉しそうに口元をほころばせると、すたすたと先を歩く小春の後を小走りでついていった。

家の裏手と小春は言ったが、結局五分ほども歩いた先に、問題の棺桶は安置されていた。

「おお、確かに二つある」

形や大きさはほぼ同じ。焦げ茶色の木でできていて、上がかぱっと開く、人間の世界のお葬式でよく見かけるような棺がそこにある。

「彫られてる意匠《いしょう》も……うん、本とお花と木。彫刻の場所はちょっと違うけど、モチーフはほとんど同じだ」

私たちはそれを見比べる。細部こそ違うけれど、真贋《しんがん》を決めるに足る決定的な違いというほどでもない。

「これが真贋《しんがん》鑑定のヒントになればと思うのですが……族長は臨終《りんじゅう》の床《とこ》でこう呟いておりました。『最後に休むは愛しき泉、その足元に眠る』」

「泉」

私と白露はほとんど同時に、棺桶の彫刻に泉のモチーフがないか探してみる。

けれど小春は真面目な顔で言った。

「私たちも探してみました。ですが、どちらの棺桶にも泉を思わせるようなものは彫られていないようなのです」

「既に調べて頂いたんですね。それなら……」

そう言って白露が目配せするので、私は分かっていると頷いた。

手っ取り早く真贋《しんがん》鑑定をする方法。それは、私の麒麟《きりん》眼《がん》を使うこと。

私は立ち上がると、金色魚《こんじきうお》の真贋《しんがん》鑑定をした時のように、一つの仮説を頭に思い浮かべた。

『この棺桶は、犬神族の族長が生前作ったものである……』

そう考えて、やめた。代わりに仮説をちょっぴり修正する。

『この棺桶は、犬神族の族長が、死後眠りたいと願ったものである』

顔を上げて、二つの棺桶を見つめる。

このどちらかが本物である――はずだった。

「……あれ？」

私は首を傾げる。白露が、まさか、と呟いた。

「これ、どっちも本物じゃない」

「なんと⁉」

「私は今麒麟眼《きりんがん》を使いました。だけど、どっちも、族長が死後眠りたいと思った棺桶じゃない」

「族長が死後、眠りたいと思った棺桶ではない……」

小春はそう呟くと、ぎゅうっと拳《こぶし》を握り締めた。

「ならば、いずれも本物ではありませんね」

「でも、そんなことって、あるんでしょうか」

「私には分かりませぬ。ですが、残された者ができることはただ一つ。族長が眠りたいと思った棺桶を、探し出すことです」

途方に暮れた私たちは、しばらくそこに立ち尽くしていた。

＊
「まあまあ、謎解きですわね⁉」

「そんな感じ。あ、ちなみに依頼主からは、このことを周りのあやかしに言っても構わないって言われてるけど、ここ限りの話でお願い」

「了解ですわ。仕事柄そういうのは慣れていますからご心配なく」

私と佐那は、春龍街《しゅんりゅうがい》の中心部近くのバーで、ビールを飲みながら話していた。

新たに生じた謎に頭を悩ませながら帰ってきたところで、仕事終わりの佐那とばったり出くわし、じゃあ飲むか！　となったのだ。ちなみに二日酔いの記憶が新しい我らが鵺《ぬえ》どのは、一足先に家へと帰っていった。

長いスツールに尾を絡ませながら、佐那はうきうきと謎解きに取り組んでいる。

「『最後に休むは愛しき泉、その足元に眠る』でしたわね。足元というのがなかなか難しい言葉じゃなくて？」

「そうなの。『泉』なのに『足元』なの。ちょっと違和感があるよね」

「考えられる可能性としては、泉の擬人化ですわね。その族長さんが思い入れのある泉の近くにあるんじゃないかしら？」

「確かに。その可能性はあるね」

佐那は満足げに頷き、細いグラスに入ったホワイトビールをちびりと口にする。

「きっとその族長さんは、その泉が好きだったのでしょう。けれど生前は何か制約があって、そう頻繁《ひんぱん》には行けなかったのじゃないかしら」

「どうしてそう思うの？」

「制約がなかったら、普通にその泉の足元にある棺桶を、生前棺桶として残しておけばいいだけの話でしょう？　ここに眠りたい、という遺言を残しておけば、あとは残った子孫が勝手にその棺桶で眠らせてくれますわ」

「確かに」

佐那の言う通りだ。

家の裏手に置くのではなく、思わせぶりに残した言葉の謎を解かないと分からない場所に本物の棺桶を置いておくということは——その棺桶が歓迎されるものではないと、族長が分かっていたということだろうか。

「考えられるのは浮気ですわね」

「う、浮気？」

「ええ。犬神族は一夫一婦制。これと決めた相手を、生涯のつがいとして大事にすると聞いていますわ。けれどももし、その族長が浮気をしていたら？　そして、その浮気相手を、本妻よりも愛していたら？」

「その浮気相手のところで眠りたいって、思うかも？」

「ご名答！」

えっへん、と胸を張る佐那。確かに、彼女の言葉はかなり的を射ていると思う。

私に麒麟眼《きりんがん》がなければ、目の前の愛らしい狐の言葉に、素直に驚いていただろう。

「でも。族長は浮気をしていない」

「どうして分かっ……そうか、麒麟眼《きりんがん》ですわね⁉　ずるいですわ！」

「ごめん、ごめんってばだから私のグラスにありったけのライム入れるのやめて⁉」

「不正推理のペナルティですわー！　酸っぱいビールで我慢なさい！」

私のビールグラスに、佐那がその辺のライムをぎゅむぎゅむと詰めてくる。ああ、見るからに酸っぱい。

「ふう……でも、そういう麒麟眼《きりんがん》の使い方もあるんですのね」

「いえ、私の知る麒麟眼《きりんがん》は、もっとここぞという時に使われていたものですから。来年の潮の流れや作物の実りなどを判断する時なんかにね」

佐那の知る麒麟眼《きりんがん》。それはもしかして、お父さんの麒麟眼《きりんがん》だろうか。

「そういう、って？」

「あ、直接見たことはありませんのよ。ただ、春龍街《しゅんりゅうがい》の一大事にはいつも麒麟眼《きりんがん》の判断がありましたから。……二十年くらい前かしら、春龍街《しゅんりゅうがい》が他の街から離れて、世界の外れに向かってしまったことがありましたの」

それは地球が勝手に太陽に突進してゆくような、無謀なものだったらしい。

春龍街《しゅんりゅうがい》の自然は乱れ、あやかしたちはパニックに陥《おちい》った。その最中に命を落とした者も多いという。

けれどそこに現れた麒麟眼《きりんがん》の持ち主——つまり私のお父さんは、春龍街《しゅんりゅうがい》が戻るべき道筋を正確に見抜き、街を正常な方向へ導いたのだという。

「それを知っているのは管理官だけですけれど。だから私、麒麟眼《きりんがん》というのは、あやかしを助け、世界を変えうる素晴らしい異能だと思っていましたのよ」

「あー……幻滅した？　こんな使い方で」

その言葉に佐那はきょとんとして、それからからからから笑い始めた。

「まさか！　その力はあなただけに与えられたものですわ、ちづる。それをどう使おうとあなたの勝手。世界を救おうと、隣人の些細《ささい》な謎を暴こうと、全てはあなたの意思のもと」

「それって……逆にプレッシャーじゃない？　正しいことに使えるかどうかは、私次第って言われているみたい」

「正しいことに使わないといけないのかしら？」

佐那はくすくす笑いながらビールに口をつけた。

「力は正しく使うべき、なんてお行儀が良すぎるわ。あなたの力は、あなたが思うように使えばいいの。道行くあやかしの秘密を、勝手に大声で叫ぶような破廉恥《はれんち》な人だったら、さすがに止めるけど――あなたはそうじゃないでしょう？」

「そうじゃない、って信じてる」

「信じているのは私も、そして白露もですわ。ご存じ？　あの人ったら、あなたが来てからずうっと上機嫌なの。この間なんて、あなたの状況を管理局に報告するついでとばかりに、二時間近くあなたの自慢を聞かされたわ」

「じ、自慢？」

「麒麟眼《きりんがん》の持ち主はやはり人格的に素晴らしいとか、ちづるは意外と料理が上手いとか。あとはまあ、単純に顔が好みだ、とも言っていましたわね」

「ぶっ」

それは知らなかった。というか、意外と俗っぽいことを話すんだなあ、白露も。

「楽しそうでしたわよ、あの人。モノレールが不通になって、あなたが人間社会に帰れなくなったのを、悪いと思いながらも少しだけ喜んでるみたいだった」

「それは私もそうかも。だって麒麟眼《きりんがん》を表立って活かせるのって、春龍街《しゅんりゅうがい》くらいだもん。人間社会だと、この力はむしろ邪魔なくらいで」

「あら、白露みたいに美術商でもおやりになればよろしいのに」

「真贋《しんがん》鑑定の根拠がないからなあ。こっちでは麒麟眼《きりんがん》で見たから、って言えば信じてもらえるけど、人間社会じゃ無理だしね」

「なら、こちらに住んでしまいなさいよ」

佐那はさりげなくそう言って、じっと私を見つめる。

その言葉に、春龍街《しゅんりゅうがい》の求人フリーペーパーのことを思い出す。

春龍街《しゅんりゅうがい》では、私の麒麟眼《きりんがん》を活かすことができる。私の麒麟眼《きりんがん》を嫌がらない、佐那のようなひととこうしてお酒を飲むことができる。

私が人間社会にこだわる意味って、なんだろう。あそこで孤独を覚えながら、神経をすり減らす必要が、本当にあるのだろうか。

黙ってしまった私を見て、佐那が独り言に紛れさせるみたいに呟く。

「私、あなたがここに住んでくれたら嬉しいわ」

「……うん。ありがとう」

私は悩みながら、ふとお父さんのことを思う。

春龍街《しゅんりゅうがい》の危機を、その麒麟眼《きりんがん》で防いだひと。その功績はなるほど偉大なものだろう、だけど死んでしまったらなんの意味もない。

それに、この忌《い》まわしい目を遺すのなら、どうして使い方まで教えてくれなかったのか。教えてくれてさえいれば、もっとどうにかできたこともあったのに。

だから、お父さんなんて嫌いだ。

*

帰路を辿《たど》っていると、遠くでフクロウの鳴く声が聞こえた。あまり聞いたことのない鳴き声なのに、なぜだか懐《なつ》かしく感じる。

「お帰り、ちづる」

優しい声に顔を上げると、道で白露がひらひらと手を振っていた。

「小腹が空《す》いたからラーメンでも食べようかと思って。ちづるも来る？」

「行く」

私たちは家の近くのラーメン屋に入った。そこは、海外の人が日本のラーメンをおしゃれに提供しているという感じの店で、内装や家具が凝《こ》っている。

大理石模様のカウンターに腰かけ、私たちは醤油ラーメンを頼んだ。

「そうだ、小春さんから連絡があったよ。族長がよく行っていた別宅みたいなものがあるんだって。明日そこに行くらしいけど、ちづるも行くだろ」

「もちろん。その別宅って、特に秘密ってわけじゃないんだ？」

「うん？　まあ、行く時は族長だけで、部下は連れていかなかったらしいけど……何か気になることでも？」

私は先ほど佐那と話した内容を白露にシェアした。ちょうどラーメンがきたので、すすりながら話す。

「なるほど、佐那の言葉にも一理ある。浮気じゃなくても、族長が隠したかった何かがそこにあるんじゃないかってことだね」

「そう。明日そこに行けば何か分かるかもしれない」

「何か分かるかも、か。そういうのも麒麟眼《きりんがん》で分かったりしないの？」

「未来の出来事は分からないの」

「そっか。まあ、未来が見えたら、麒麟眼《きりんがん》は危険なものになるからね。今だって、管理局のあやかしたちは、君を春龍街《しゅんりゅうがい》にとどめておこうと躍起になっているのに」

「そうなの？」

初耳だ。佐那はそんなこと言っていなかった気がするけれど。

「佐那のような下っ端じゃなくて、管理局の上層部が話していることだからね。あ、ちなみにモノレールが止まっているのは、彼らのせいじゃないから念のため。ただそれをいいことに、麒麟眼《きりんがん》の持ち主を囲い込もうとしているのは確か」

白露はふうとため息をつき、味玉子を半分かじった。じゅんわりと染み出す黄身が、ラーメンのスープにとけてゆく。

「でも、僕が牽制《けんせい》してるから安心して。君はちゃんと人間社会に帰すよ」

「牽制《けんせい》って？」

「君が僕の……鵺《ぬえ》のお気に入りだと分かれば、管理局のお偉方もそう簡単にちょっかいは出せない」

その言葉を聞いて、はた、と思う。

「だから私のことを管理局で褒《ほ》めちぎったのね！」

「あ、佐那から聞いた？　そうそう、しっかりマーキングしてきたから多分大丈夫だと思うけど、あいつらに何かされたら言うんだよ」

しれっとマーキングなどと言われて、反応に困る。なのに、それを言った白露はなんでもないことのようにラーメンをすすっていて、その余裕な態度にちょっとむかついた。

むかついたから、意趣返ししてやる。

「じゃあ私の顔が好みって言ったのも、マーキングの一種なわけ」

「ううん、ただの本音」

「ほっ……」

「僕、君の顔好きだよ。綺麗なのに、目がくりっと大きなところが可愛くて、そのアンバランスさがすごくいい」

これほどド直球に容姿を褒《ほ》められたことがあるだろうか。いやない。

焦った私は、用意していたものとは違う言葉を口走ってしまった。

「顔、だけ？」

「え？」

「好きなのは顔だけ？」

違う。いや違わないけど違う。こんな、めんどくさい彼女みたいなことを聞きたかったわけじゃない。

けれど白露は、片眼鏡《モノクル》越しにしっかりと視線を合わせて言った。

「中身も好きだよ。麒麟眼《きりんがん》なんてすごいものを持っているのに、人への優しさを失わないところとか、真面目に真贋《しんがん》鑑定に取り組んでくれるところとか、いいと思う」

「どっ、……どういう、意味よっ」

「あと君はさ、僕のために怒ってくれるんだよね。自分もからからに乾いているのに、誰かのために怒れるっていう根っこの部分の優しさを失ってないんだ」

独り言のように言って、白露は大事なものを見るように目を細めた。

「そういうところが、眩《まぶ》しいよ」

好きの洪水を浴びせられているみたいだ。でもなぜか、白露の言う好きが、どういう好きなのか分からない。付き合いたいって意味なのか、それとも人として好きなのか。

「うんうん、鵺《ぬえ》なのも悪くないな。好意を伝えても、それが実ることはないわけだから、好きなだけ言えるね」

「実ることはないって、どうしてはっきり言えるの」

「だって僕は鵺《ぬえ》だから。凶兆そのもの、異端の最たるもの。そんな存在が、片割れを得て幸せに暮らすなんて、できるわけがないだろう」

事もなげに口にすると、白露は私にチャーシューを一枚くれた。

「さ、これ食べて明日も頑張ろう。朝ごはんはねえ、クロワッサンとハムがあるから、サンドイッチにしてもいいかも」

そう言ってラーメンをすする白露から、目を離すことができなかった。どんぶりに手を添えたまま、私は愕然《がくぜん》とする。

白露は、幸せになる気がないのだ。幸せになるのはおこがましいと、自分には分不相応だと思っている。

なぜ？　もちろん答えは『鵺《ぬえ》だから』。

言いようのない感情が込み上げてくる。怒りとも嘆きともつかないそれは、不思議と涙腺を刺激して、私は慌ててラーメンに視線を移した。

「鵺《ぬえ》だから幸せになれないなんて、そんなの、変だよ」

声が震えていないだろうか。鼻をすすっているのは、ラーメンが熱いせいだと思ってくれているだろうか。

白露はうーんと首を傾げて、それから独り言みたいに呟いた。

「鵺《ぬえ》はそういう風にできているから。この強さと、この世に生き続けることへの代償として、幸福を差し出さなきゃいけないんだ」

そんなのは、絶対に間違っている。

そう思っても言えなかった。ここで間違っていると何度言ったところで、白露は困ったように笑うだけだろう。鵺《ぬえ》という生き物として扱われてきた長年の経験は、私の言葉などで簡単に打ち消せるものではないから。

私は白露に、幸せになってほしい。この人の優しさが、寂しさが、報われてほしいと強く思う。

でも、モノレールが復旧したら、あっさり人間社会に帰っていくだろう人間の女の言葉は、きっと白露にとって大した重さを持たない。好きだとかなんだとか言っていられるのは、私が行きずりの他人だからだ。

ならばと私はラーメンのスープを睨《にら》みつけながら思う。

自分は幸せになる資格がないと考えている鵺《ぬえ》を、幸せにするためには、彼の側にいて、傍《かたわ》らでずっと彼の考えを否定し続けてやる必要がある。

鵺《ぬえ》だから幸せになれないなんて、そんなのは、絶対に違うと。

春龍街《しゅんりゅうがい》で暮らせば、毎朝そう言ってやれるのだ。それなら、ここに移り住むのも悪くない――というよりも、最善の方法であるように思った。

*

これは僕、鵺《ぬえ》の単なる独り言だ。他者と共に暮らすなんて初めてだから、浮かれていると思ってくれて構わない。ちづると暮らすようになって、まず変わったのは冷蔵庫だった。

なんの変哲もない真っ白な冷蔵庫に、ちづるのメモが貼られている。

『卵・マヨネーズ（カロリーハーフ！）買うこと』

綺麗な見た目に反して、存外悪筆な彼女の、跳ね上がった『フ』の文字が可愛らしくて、いつまでも眺めていたくなる。

……おっと、買い物に行くんだった。

僕はそのメモを手に取って、それから冷蔵庫の中身を確かめる。

一人で暮らしていた時に比べて、物が増えた。ちづるの好きな甘いワイン、瓶ビールに、おつまみのたこわさパック。

それだとちづるが飲んべえみたいに思われてしまうから補足するけど、もちろんそれだけじゃない。

作り置きの茄子《なす》とアスパラの煮びたし、牛肉とニンニクの芽のオイスターソース炒め。これは今日のお昼の残りで、夕飯に食べちゃわないといけない。

ちづるは僕とは違って常備菜を作るタイプで、他にも、ひじきとかピクルスとかがタッパーに入れられている。

ちなみに、ここだけの話だが。

ちづるの作ったアスパラの煮びたしが美味《おい》しすぎて、ものすごく褒《ほ》めちぎったら、それから三日に一回はこれを作ってくれるようになった。アスパラ多め、茄子《なす》は少し少なめで。

「ふふ」

見ているだけで嬉しくなってしまう。僕以外の人の気配。

数百年近く生きてきて、人間と暮らすのは初めてだった。

最初の方こそどうなるかと内心どぎまぎしていたけど、ちづるは結構すぐこの暮らしに慣れた。それだけ春龍街《しゅんりゅうがい》が肌に合っていたんだと思う。

――春龍街《しゅんりゅうがい》にいい思い出がない、嫌いだ、と言われた時はドキッとした。

嫌いなところに無理やり連れてくるなんて、凶兆のしるしである鵺《ぬえ》らしい振る舞いだ。また誰かを不幸にしてしまったのかと、自分の体質にうんざりした。

でも、ちづるは意外な順応を見せた。

管理官である佐那とも仲良くやっているし、他のあやかしとも気軽に言葉を交わしている。麒麟眼《きりんがん》の使い方についてはまだ悩んでいるようだけれど、少なくともあの夜、人間社会の電車で見かけた、乾いて疲れ切った姿ではなくなった。

ちづるが春龍街《しゅんりゅうがい》になじむのと歩調を合わせるみたいにして、僕は彼女のことが好きになっていった。

多分、抱えている孤独が同じなのだ。彼女の孤独が分かると思ったし、僕の孤独も理解されていると思った。それでいて、僕とは違って、胸を張って生きている彼女が眩《まぶ》しくて、僕のために怒ってくれる優しさと強さに惹かれた。

ちづるのいいところを数えているうちに、いつの間にかどうしようもなく好きになっていた。

「ワイン、もう切れそうだな。焼酎はあるけど、ちづるは甘口が好きだからなあ。買い足しておいた方がいいかも」

同居人の好みを考えて出かける買い物は、ものすごく楽しい。

自分だけじゃない食卓。自分だけじゃない朝。分け合うお酒も食べ物も、全部が面白くて愛おしい。

そう、愛おしいのだ。

なぜかと言えば、この温かい光景が、そう遠からぬうちに消えてしまうと分かっているから。

ちづるはいずれ人間社会に帰る。賢い彼女のことだ、春龍街《しゅんりゅうがい》で乾いた心にエネルギーを補充すれば、あちらの世界で再び生活できるようになるだろう。

この幸せは、ちづるが帰るまでのこと。

だからこそありがたく享受できる。

時限付きの幸福は心に優しい。

冷蔵庫の中身をもう一度見回す。

そこに感じる他者の気配を、しっかりと目に焼き付けておこうと思う。

これから僕が生きる数百年の孤独に耐えるために。

＊

翌朝、白露に抱えられて小春の待つ場所へ向かう。

路面電車の駅から遠いところに目的地があったので、仕方がないとはいえ、昨日の今日でなかなか気を遣う体勢である。

白露は私のことを好きだと言う。けれど、それだけで、私とどうなるつもりはないらしい。鵺《ぬえ》だから、幸せになる資格がないから。

その考えを変えたいと思うなら、私も覚悟を決めなければならないのだろう。つまり、人間社会に帰らないという選択肢を選ぶことについて、真剣に考え始めなければならない。

でも、白露は私の選択を受け入れてくれるだろうか。それに、春龍街《しゅんりゅうがい》できちんと生活できるかどうかもまだ分からない。今日明日で簡単に決断できることではないが、それでも、自分の身の振り方を考えなければ。

「おはようございます、白露どの！　ちづるどの！　今日もよろしくお願い致します」

小春の気持ちのいい挨拶《あいさつ》を受け、我に返る。

考え事は後回し。まずは、依頼に集中しなければ。

亡くなった犬神族の族長を葬《ほうむ》るための、生前棺桶の真贋《しんがん》鑑定を依頼された。

けれど族長が用意していた二つの棺桶は、いずれも偽物。少なくとも、族長が死後眠りたいと思うものではなかった。

そのため、私たちは族長が死後眠りたいと考えている本当の棺桶を探しに、生前の族長がよく行っていたという別宅に来たわけなのだが。

「ずいぶんのどかな村ですね」

私たちがいるのは、いかにもな田舎《いなか》町だった。石造りの建物が並び、茶色い屋根と白い外壁という取り合わせが、どこか南ヨーロッパ風に感じる。

春龍街《しゅんりゅうがい》の文化の混交ぶりにくらくらしながら、石畳の上を歩く。

この道を、犬神族の族長も歩いたのだろうか。

小春は尻尾《しっぽ》を振りながら、すんすんと何かを嗅ぐそぶりを見せ、ある家の前で立ち止まった。

「こちらの家が、族長の別宅。仕事で行き詰まった時によく来ていた家だそうです」

そこはこぢんまりとした、けれど植物の多い、素敵な石造りの家だった。

春龍街《しゅんりゅうがい》にはどんな花も咲いていると言われているが、ブーゲンビリアの横にキンモクセイとオリーブが植えられているのは、なかなか奇妙な眺めだった。季節感がまるでない。

けれど不思議と嫌な感じはしなかった。植物と石造りの家とが調和し合って、一つの空間を作り上げているようだ。

小春がノッカーを叩くと、建物の裏手の方から女性の声が聞こえた。

「こちらへどうぞ」

私たちは家の側の小道を通って、裏庭に足を踏み入れた。

「わあ……！」

それは見事な庭だった。

あちこちにブルーのタイルでできた小さな水路が通っていて、常緑樹が柔らかな木漏れ日を投げかけている。茂みには薔薇《ばら》、水辺には水仙、足元にはすみれが咲き誇り、さながら桃源郷《とうげんきょう》のような光景を繰り広げている。

そして何よりも私たちの目を引いたのは、水路を一つにまとめるようにして庭の中央に存在している、大きな噴水だった。

あれを泉とみなすことも、できなくはない。

「泉……！」

「ええ、あの噴水は、この近くの泉から水を引いてきているの」

そう言って花籠《かご》を手に現れたのは、一人の女性だった。

茶色いエプロンと、白いシャツ。土にまみれ、使い込まれた木靴を履いていた。

シルバーグレイのショートカットで、柔和な顔には優しい笑みを浮かべている。目じりの皺《しわ》がチャーミングなその人は、人間だった。

春龍街《しゅんりゅうがい》でも人間は珍しくない。けれどその人の持つ雰囲気は独特だった。

きっと春龍街《しゅんりゅうがい》に長く住んでいるのだろう。だから、体があやかしの放つ気配になじんでいる。春龍街《しゅんりゅうがい》で時折見かける観光客の人間のように、春龍街《しゅんりゅうがい》という世界に溶け込めていないような様子が全くなかった。

麒麟眼《きりんがん》がなければ、この人のことをあやかしだと思い込んでいただろう。

「私、犬神族の小春と申します。玉緒と冬彦の娘なれば、この牙むやみに振るわぬことを誓約致しまする」

小春が自己紹介をすると、女性はふわりと微笑んだ。

「私は未央《みお》と言います。懐《なつ》かしいわ。あのひとも、そういう丁寧な自己紹介をしてくださったわね」

「あのひと？」

「あなたと同じ犬神族で、族長をやっていた駿狼《しゅんろう》という方よ」

「駿狼……族長の幼名ですな！ そのように古い頃からお知り合いだったので？」

「まさか、私は人間だもの。けれどそうね、二十歳《はたち》の頃に春龍街《しゅんりゅうがい》へ来てからのお友達だから、五十年来の付き合いだったわね」

全て過去形で話しているところを見ると、未央さんの耳にも、族長の訃報《ふほう》は届いているようだった。

小春もそれを悟ったのだろう。耳と尻尾《しっぽ》を心なしかしょんぼりとさせながら、

「もうご存じやも知れませぬが……族長は亡くなりました。大往生《だいおうじょう》でございました」

「ええ、知らせは受け取りました。ご愁傷様《しゅうしょうさま》です」

「恐れ入ります。それで、ですね。未央どのは、族長から何か預かっているものはないでしょうか。物でも、伝言でも、なんでもいいのです」

尋ねると未央さんは首を傾げた。そういうとけないい仕草が似合う人だ。

「預かっている物はないわねえ。伝言も特にないと思うの」

「そうですか……最後に族長とお会いになったのはいつ頃でしょう？」

未央さんは記憶を探るように空中を見つめる。

「一か月くらい前ね。死期が近いのは分かっていて、お別れの挨拶《あいさつ》に来てくださったわ。でもその時は、庭で他愛のない植物の話をしただけだった」

そう答えて、私たちに視線を投げかけた。

「ところで、そちらのお二方は？」

「し、失礼を致しました！　こちらは鵺《ぬえ》の美術商でいらっしゃる白露どの。そしてこちらの麗《うるわ》しい女性は、麒麟眼《きりんがん》の持ち主、ちづるどのでありまする」

「すごい方々なのねえ。きっとここへいらした理由があるのでしょうけれど、それを聞かせてもらう前に、お茶を用意しなくちゃね」

未央さんはそう言って、私たちをこぢんまりとした東屋《あずまや》に案内してくれた。

柔らかくツタの絡む東屋《あずまや》は、爽《さわ》やかな風が入り込んできて気持ちがいい。庭の少し高い場所にあるので、庭を一望できるのも素敵だ。

「水の音に癒《いや》されますね」

「分かります！　それに、かぐわしい香りが漂《ただよ》っていて、居心地が良うございます。族長がここを別宅にしていた理由も分かるというもの」

小春はくつろいだ表情でいる。

そこへ未央さんが紅茶を運んできてくれた。配膳を手伝おうとする私たちを、笑って押し留めると、優雅な手つきで紅茶を淹《い》れてくれた。

女性らしい優美な仕草とは裏腹に、その手は存外武骨だ。節くれだっていて、日に焼けている。

「未央さんは庭師なんですか？」

そう尋ねると、未央さんは悪戯《いたずら》っぽく笑った。

「そうよ。この家は元々駿狼さんのものでね。私は庭師として雇われて、住み込みで働いていたの。駿狼さんが亡くなって、このお家を駿狼さんのご家族に引き渡さなくちゃと思っていたところに、あなたたちが来てくれたというわけね」

「この家については、管理人に譲渡するようにという族長の遺言がありまする。正式には後日書面で通達しますが、その前に我らが訪れた目的をご説明させて頂けますか」

小春は、族長の生前棺桶を探していること、そして白露と私が、その真贋《しんがん》を確かめるためにここを訪れたということを説明した。

「なるほど、生前棺桶ね。話には聞いたことがあるわ。どんなものを作っていたかまでは知らないけれど」

未央さんは頷きながら話を聞いていたが、族長が『最後に休むは愛しき泉、その足元に眠る』という言葉を残したと聞くと、不思議そうな顔になった。

「確かに駿狼さんは、この庭の噴水を泉と呼んで、気に入っていたみたいだけど……その足元に眠る？　どういうことかしらね」

「お茶を頂いたら、庭を探させて頂けますでしょうか？」

「もちろんよ。家の中にも自由に入って探してちょうだい」

淹《い》れてもらったハーブティをしばし楽しんでから、私たちは棺桶の捜索に取り掛かった。

――といっても、棺桶というのは結構大きな物だ。この庭は結構広いけれど、とても棺桶が隠されているようには思えない。

それでも私たちは最後の望みをかけて庭中を探し回った。小春はその鋭い嗅覚で、私は麒麟眼《きりんがん》で、白露はその背の高さを生かして。

主に噴水の周りを探してみたが、棺桶はもちろん、手がかりになりそうなものも見つからない。

「これで隠し部屋へのスイッチなんかがあったら、熱い展開なんだけどね」

「それはちょっとベタだよちづる。隠し部屋へのカギがせいぜいじゃないかな」

「あんたの発想も似たようなもんでしょうが。……うーん、なさそうだなあ。噴水の水を抜いてみるとか？」

「ちづるどの、それはいいアイディアです！」

未央さんに頼んで、噴水の水を抜いてもらうが、特に変わったものは見当たらなかった。

私は家の中に入ってみる。ひんやりと涼しい石造りの家には、大きな暖炉があって、庭と同じく、とても居心地が良さそうだった。木でできた靴や、動物の素朴な彫刻が、マントルピースの上に飾られている。

テラコッタタイルのキッチンでは、未央さんが大きな紅茶の缶を前に、何枚かの手紙を手にしていた。

「未央さんは、何をなさっているんですか？」

「他に手掛かりがないかと思って、駿狼さんから貰った手紙を見返しているところ。でもあのひとはそんなに筆まめじゃなかったし、意味ありげなことを言って煙《けむ》に巻くタイプのひとでもなかったのよね」

ほら、と未央さんが手にした手紙を見せてくれる。

紫色の花弁が透かしこまれた和紙には、季節の挨拶《あいさつ》と、近々桜の木を持ってそちらに行く旨が書かれていた。他の手紙も、はがき一枚に挨拶《あいさつ》と用件が書かれているような、素っ気ないものだった。

私の脳裏を、佐那との会話がよぎる。

『もし、その族長が浮気をしていたら？　そして、その浮気相手を、本妻よりも愛していたら？』

「……駿狼さんは、未央さんのことをどう思っていたんでしょうか」

「あら、もしかして、恋人同士だったと思われているのかしら？」

「な、なんだか勘ぐってるみたいで、すみません」

「いいのよ。疑われて当然だわね。私が男だったら話は違ったでしょうけど」

くすっと笑った未央さんは、手紙の束を眺めながら言った。

「恋愛感情があったかと問われれば、私もあのひともこう答えるでしょう。『なかった』と」

「恋愛感情は、なかった……」

「麒麟眼《きりんがん》というのは、相手の本心を見抜く力なのよね？　それを使えば、私の言葉に偽りがないことは分かってもらえると思うわ」

「いえ、それは……使いたくありません。棺桶とは関係のないことですし」

「そう」

未央さんは、懐《なつ》かしそうに目を細めた。

「あなたを見ていると、駿狼さんのことを思い出すわ。犬神族って、順位を重んじるんですって。だから、族長の言うことは絶対で、誰も自分の言葉を正してくれないのだと、しょんぼりしていたわ。ふさふさの尻尾《しっぽ》が地面につくちゃうくらいに」

未央さんは懐《なつ》かしむような、愛おしむような顔で、手紙に視線を落としている。

「彼にとって、私は唯一自分を叱ってくれる相手なのだと言っていた。自分が間違った時に、私だけはそれを正してくれると、信頼してくれていたのね」

「信頼、ですか」

「そう、だから私たちの関係は、親友というのがふさわしいのでしょう。私もね、庭造りがおろそかになると、すぐに気づかれていたわ。君、何か悩んでいることがあるだろう？ って」

そうして未央さんはふっと遠くを見るような目をした。そうすると、可憐《かれん》な印象が消えて、どこか威厳ある雰囲気になる。

「そういう意味では、私たちは似たような孤独を背負っていたのかもしれない。他の人には分かってもらえない苦しみを、私たちは共有することができたの」

似たような孤独――私と白露のようだ。

「もちろんあのひとには家族がいたし、私も決して独りぼっちというわけではなかった。けれど、誰にも言うことのできない孤独や苦しみがあったの。でもどういうわけか、私とあのひとはそれを共有できたから、親友になれたのかもしれないわね」

「……素敵なご関係だったんですね」

「唯一無二であったことは確か。あのひとの、そういう存在になれたことは、私の誇りでもあるわ」

未央さんはそう言って笑うと、視線をふと私の顔に移す。

「あなたの持っている麒麟眼《きりんがん》の力って、すごいんでしょう。二十年前、春龍街《しゅんりゅうがい》の危機を防いだって聞いたことがあるわ」

「それは私ではないんです。私はずっと人間社会に住んでいて、最近春龍街《しゅんりゅうがい》へ来たばっかりで。麒麟眼《きりんがん》を持ち始めたのは六歳くらいの頃からですけど、私がこの力であやかしたちに貢献したことはないんです」

「六歳の頃から麒麟眼《きりんがん》を？　それは大変だったわねえ」

未央さんのその言葉には、過剰な同情が籠《こも》っているわけでも、突き放すような感じでもなく、絶妙な距離感で私に刺さった。

そう、大変だったのだ。ものすごく。

「あなたは普通の人間でしょう。春龍街《しゅんりゅうがい》にずっと住んでいたわけでもない。人の身に、全てを見透かす目というのは、重すぎると思うの」

「そう、なんです。私には重いんです」

ずっと感じていたことを言葉で表現され、小さく安堵の息をつく。

あやかしたちは無邪気に私の麒麟眼《きりんがん》を綺麗だと言い、吉祥《きっしょう》の証《あかし》だと喜んでくれるけれど、私には、この力を上手く使えるかどうかの自信がない。

「同じことを駿狼さんも言っていた。族長という立場は、自分には重すぎる、とね」

「犬神族の族長さんでも、そう思うことがあるんですね」

「強い力を持つひとは、皆一度は悩んだことがあると思うわよ。でもね、あのひとはその重圧を上手く分散させていたわ。私にしか見せない顔もあったでしょうけれど、家族にしか見せない顔もあったと思う。あれほど長生きできたコツはそこね」

だから、と未央さんは言う。

「これはおばあさんのおせっかいと思って聞いてね。あなたも、一人で麒麟眼《きりんがん》を背負い込む必要はないの。上手く誰かを口実にするのよ」

「誰かを、口実に？」

「自分一人の判断でその力を使おうと思うと、きっと道に迷うわ。麒麟眼《きりんがん》を、誰かを救うために与えられた武器だと思って、その誰かのために使い続けてみたらどうかしら。例えば、あの白露さんとかね」

「私は今、この麒麟眼《きりんがん》を使って、彼の仕事の手伝いをしているんです」

「あら、素敵」

未央さんは微笑んだ。

「麒麟眼《きりんがん》のようなすごい力は、きっと一人では持ちきれない。だから、誰かに端っこを持たせてしまいなさいな。あのひとが私にそうして、私があのひとにそうしたようにね」

そう言って未央さんは手紙の束をまとめると、丁寧に紅茶の缶にしまおうとした。

彼女の言葉を反芻《はんすう》していた私は、慌ててその手を押し留める。

「すみません。その手紙に触れさせて頂いてもいいですか」

「もちろんいいわよ」

こういう麒麟眼《きりんがん》の使い方はやったことがない。けれど、やってみる価値はある。

――この力を、誰かのために。

手紙の束を手に取り、それに向けて麒麟眼《きりんがん》を使う。

今回はイエスかノーかの二択を知りたいわけではない。手紙の奥に隠された、犬神族の族長の思いを知りたかった。

目に飛び込んでくる筆跡から、ほんのりと温かい感情が伝わってくる。族長は未央さんのことを心から信頼していたようだ。

と同時に、族長であることの責任の重さも、ひしひしと伝わってくる。

——犬神族をまとめあげなければ。皆の行いを正し、皆を正しい方向に導き、豊かさをもたらさねば。そうでなければ、祖先に顔向けができない。

そんな焦りと責任感が染み込んだ手紙は、未央さんの手の中で、一時の落ち着きを得ているようだった。

海を渡る鳥が、大樹の枝で一時の休息を得るような。砂漠を行く旅人が、オアシスで水を飲むような。そんな安心感が見て取れた。

「何か分かった？」

「族長さんは、未央さんの所でだけ、心から安らげたということが分かりました」

犬神族を導く存在であることを忘れ、ただ庭の花の香りと水音に五感を研ぎ澄ませたり、信頼している人間の側で弱音や愚痴をこぼしたりする時間。

それは、今は亡き彼にとって、族長としての重く厳しい日々を乗り越えてゆく力を与えてくれる、素晴らしい時間だったのだろう。

いつの間にか戸口に立っていた小春と白露が、静かに近づいてきた。

「亡くなった族長は、それは偉大なお方でした」

小春は未央さんに許可を取って、何葉かのはがきに視線を落とした。

「厳しく、それでいて優しく。百十余年あまりの間、偉大な指導者として、我ら犬神族を導いてくださいました。同時に、私とかけっこして遊んでくださるような茶目っ気もあって……本当に、立派なお方だったのです」

「ええ、そうでしょうね」

「けれど、いい指導者であり続けるというのは、容易なことではありますまい」

小春は目を細めて、唇を噛み締める。同じ犬神族である彼女は、族長がいかに偉大な存在であったかをよく知っている。

「長きにわたってそれほどの大役を成し遂《と》げ、大往生《だいおうじょう》された族長だからこそ、本当に望む棺桶で、お送りしたかったのですが……『最後に休むは愛しき泉、その足元に眠る』の意味が分からぬことには！」

「愛しき泉……その足元に、眠る……」

そういえば佐那が言っていた。泉の擬人化、と。

——泉という言葉が、誰かを例えたものだったとしたら。

私は反射的に未央さんの足元を見る。年季の入った木靴だ。泥にまみれているけれど、よく手入れされている。

「未央さん、あの、その靴ってもしかして、族長さんから貰ったものですか」

「あら、これ？　いえ、これは自分で作ったのよ」

違ったか。そう思った次の瞬間、未央さんはこう言った。

「貰ったのはあっち、飾ってある方。あのひとは、私が贈ってくれたものを履いてると思っていたでしょうけど」

私は立ち上がると、暖炉の上に飾られた木靴を手に取った。白木でできたそれは、まだ新しいように見える。

後ろに立っていた白露が、ぽつりと呟く。

「それ、何か術がかかってるね。犬神族特有の術だ」

「見せて頂いてもいいでしょうか！」

小春が駆け寄ってきて、すんすんと木靴の匂いを嗅ぐ。はっと何かに気づいたような顔をしたかと思うと、彼女はその牙で自分の指の皮膚を食い破った。

真新しい白木の靴を小春の滴《したた》る鮮血が赤く染め上げる――その直後、ぱりんと何かが砕けるような音が聞こえた。

手の中の木靴が光を放ち始める。

「これは……！」

白露と私が言葉を失う中、小春だけが目を輝かせて、その光を見つめていた。

やがて光が収まった後、私たちの目の前には、白木づくりの棺桶が出現していた。

彫りこまれていたのは、花と木々に溢《あふ》れる庭の光景で。

「ああ……！　これに相違ありませぬ」

麒麟眼《きりんがん》を使うまでもなく、私たちはそれが、族長が死後眠りたいと願った棺桶であることを悟ったのだった。

＊

「これ、黒かな？　なんとなく紺色っぽいような気がする」

「ギリギリ黒じゃない？　そこまで気を遣わなくて大丈夫だよ、葬式に出席するわけじゃないんだから」

そう言う自分は、上から下まできっちり黒で決めている白露だった。というかこのひとは元々わりと黒づくめだった。

どういうわけだか白露の箪笥《たんす》には黒い女性用の服がなくて、私はギリギリ黒っぽく見える紺色のワンピースを着て出かけることにした。

よく晴れた春の日、犬神族の族長は、生前彼が作った棺桶に収められ、皆に別れを告げるのだ。

未央さんの家で、木靴に姿を変えていた棺桶を見つけてから、三日後。

小春から葬式の案内が届いた。生前から犬神族の族長を知っていたわけでもない私たちは、出席するのをためらっていた。

「でも、あの棺桶がどんな風に使われるのかは、気になるかも」

「同感だ。葬式のついでに、族長の代替わりの儀式もあるようだしね」

「見たい！」

というわけで、私と白露は、春龍街《しゅんりゅうがい》の外れにある森、族長の家までえっちらおっちら葬式を覗きに向かったのだ。

「わあ、すごい！　本当にお祭りみたい」

出店のようなものこそないけれど、行きかう犬神族は皆、喪服に身を包んで笑っている。黒い着物に極彩色の花がよく映え、白昼に花火が上がり、なんだか夢の中のようだ。

けれど、そうでないと分かるのは、族長の家の前の祭壇に、白い棺が置いてあるから。

蓋《ふた》を開けられた棺の中に、瞳を閉じた老翁《ろうおう》の姿が見える。髪も尻尾《しっぽ》も耳も全て白いその人は、色とりどりの花に囲まれて眠っていた。

「白い木で棺を作るのは、身分の高い犬神族の証《あかし》だそうだよ」

「そうなの？」

「犬神族は葬式の際に花を手向ける。その時に白い木の棺桶だと、花の色が映えるから、ということらしい」

白露の言葉通り、棺に花を持って挨拶《あいさつ》に来る犬神族の姿は絶えず、死者は花々に囲まれて祝福されていた。

皆がにこやかに花を手向けた後、棺の彫りに目をやるのが分かった。やはり棺のデザインは気にするものなのだ。

「あの棺を見つけることができて、よかった」

「ちづるのお手柄だったもんねえ」

「お手柄というか、偶然というか」

「未央さんもびっくりしていたね。まさかあんな仕掛けがあるとは。ちづるはどうして分かったの？」

問われて、返事に少し困る。想像が当たったというだけで、麒麟眼《きりんがん》で見た真実というわけではないのだから。

けれど白露が珍しく私の返答を待っているようだったので、私はぽつりと口を開いた。

「泉、という言葉が気になったの。未央さんの庭はとても素敵で、族長が疲れた時に訪れる理由も分かった。でも、未央さんの話を聞いているうちに、族長は未央さんに会いに来ていたんだな、と思うようになった」

「それはやっぱり……」

「浮気じゃなくて。親友だって未央さんは言っていたし、私もそうだと思う」

白露は肩をすくめ、ごめん、と言った。

「族長という重責に耐えるため、族長には泉が必要だった。その泉は、水が溢《あふ》れる噴水とかそういうんじゃなくて、生きるために必要な場所というか、リフレッシュできるところというか、そういう意味なんじゃないかって思ったの」

「そして、その泉は、未央さんだった？」

「多分そう。……族長というのは、とても大変な仕事なんだと思う。麒麟眼《きりんがん》を持つ私と同じくらいね。だから彼女は、族長さんにとって、必要不可欠だった」

ふざけて言ったのに、白露は真剣な顔で頷いた。笑いどころを分かっていない鵺《ぬえ》だ。

私たちは振る舞われている甘酒を貰った。お葬式というより、初詣《はつもうで》みたいな感じがしてくる。いくら次期族長のお披露目《ひろめ》を兼ねているとはいえ、人間の感覚からは想像できないお祝いぶりだ。

でも、それがあやかしたちの生活なんだろう。

私たちはぶらぶらと歩いた。

「しかし、解かれていない謎はもう一つ残っているね」

「なあに？」

「なぜ族長は、こんなに回りくどいやり方で、自分の生前棺桶を隠したのか？」

「あー……確かにそうだね。小春さんが真贋《しんがん》鑑定を依頼してくれたから見つかったけど、あの二つのうちどっちかでいいや、って適当にお葬式を進めてたら、あの庭や未央さんには辿《たど》り着けなかったよね」

「まあ、これぱっかりは死者に聞かないと分からないか」

「……」

「どうした、ちづる？」

私は唇を舐《な》めながら、前から気にしていたことを、ぽつりと口にした。

「ほんとはね、余計なことしたなって思ってたの」

「何が」

「二つ棺桶があったでしょ。あの時に『族長が眠りたいと思った棺桶はどっちか』って思いながら麒麟眼《きりんがん》を使えば、こんなに大変じゃなかったなと思っ、あいだっ⁉」

おでこをビンッと指で弾かれる。この年齢でデコピンを食らうとは。

しかも白露の指は細くて長いので、デコピンの威力が大きい。

「なっ、何するの⁉」

「麒麟眼《きりんがん》は、そういう使い方をするものじゃないだろ？」

「え……？」

「麒麟眼《きりんがん》は真実を見抜く目だ。その真実がどこに埋もれていようとも、必ずそれを見つけ出す力でもある。君は今回それを正しく使ったんだ。それを余計なことだって？

ちづるはたまに馬鹿だね？　たまにっていうか、五回に一回くらい？」

「それ結構馬鹿じゃない？」

言い返しながらも、嬉しさで頬が緩む。

麒麟眼《きりんがん》の正しい使い方なんて知らないし、分かるはずもないけれど、白露が正しく使ったと太鼓判《たいこばん》を押してくれるなら、まっすぐ前を向いていられる気がする。

「白露どのー！　ちづるどのー！」

遠くで小春が大きく手を振っている。

私たちは顔を見合わせ、彼女の元に急いだ。

「こんにちは、小春さん」

「今日はお越しくださりありがとうございます！　葬式の時はお姿がなかったようでしたが、お会いできてようございました」

「お招きを頂いたのにすみませんでした。部外者がお邪魔するものでもないかと思って」

「部外者なものですか！　白露どのもちづるどのも、族長の生前棺桶を探すためにご尽力頂いた方々なのですから」

小春は一人だけ、純白の衣装に身を包んでいる。その着物は、以前会った時のような木綿ではなくて、織りの入った上等なものだった。

目元には赤い化粧を施し、腰に刀を佩《は》いている。実に格好がいい。

「それに、この小春が次期族長となるのです。それをぜひ見守って頂きたい！」

「次期族長……って、小春さんが⁉」

小春は尻尾《しっぽ》をぶんぶんと振りながら、はにかんでいる。

知らなかった。まさか彼女が、次の犬神族の族長だなんて！

「元々決まってはいたのですが、あの生前棺桶を見つけたことで、就任がちと早まりまして。やあ、族長というものは、色々決めなければいけないことが多すぎて、早速過労死しそうでありまする！」

大声でとんでもないことを言う。けれどその顔に、焦りや気負いのようなものは見当たらなかった。

「族長の本当の生前棺桶が見つからない時は、どうなるかと思いましたが……白露どのやちづるどのと縁を結ぶことができ、未央どのという素晴らしいお方にも出会えた。万事塞翁《さいおう》が馬《うま》でござりまするな」

小春は目を細め、私に向き直る。

「改めて、族長の生前棺桶を見つけ出して頂いたこと、お礼申し上げまする。あのように、族長も安らかな眠りについております。他の棺桶でしたら、ああはいかなかったでしょう」

「私は別に、何も」

「いいえ。あなたと白露どのがいらっしゃらなければ、我々は最初の棺桶のいずれかを選び、望まぬ形で族長を見送っていたことでしょう。それに、未央どのにも会えずじまいだったはず」

小春は子どものように、にかっと笑う。

「未央どのは、これからいつでも遊びに来ていいと仰《おっしゃ》ってくださりました！　前族長のお話を聞けるのは、若輩者の私にとって、何よりの励《はげ》みです」

「それは良かったです」

嬉しそうな小春を見ていると、こちらもうきうきしてくる。

でも、一つだけ疑問が残る。

「それにしても、族長さんはどうして、本物の生前棺桶を未央さんの家に置いていたんでしょう」

小春はにっこり笑って答えた。

「あれはきっと、次期族長である私への餞別《せんべつ》だったのだと思います」

「餞別《せんべつ》ですか」

「はい。族長の重圧に押しつぶされそうになった時、逃げる場所を教えるため。そして、前族長の話をしてくれる人と繋ぐことで、族長の愛した『泉』を私に贈ってくださったのでしょう」

「なるほど……でも、普通に未央さんと小春さんを会わせるだけじゃだめだったんでしょうか」

族長のやり方は、少し回りくどいように思える。

けれど小春は既にその理由にも察しがついていたようだ。

「いえ、これは自分で見つけ出さなければならなかったのです。もし私が、二つ残されていた生前棺桶のうちの、どちらかを適当に使っていたら、未央どのにお会いすることは叶わなかった。あれはいわば、族長から私への試練だったのでしょう」

誠実な振る舞いをする者には、相応の見返りを。

怠惰《たいだ》な者の手には、なんにも残ることはない。

「さすがは犬神族の族長だ。そこまで見通していたんだね」

「ええ。私もそんな振る舞いができる族長になれるよう、励《はげ》んで参ります」

表情を引き締めた小春は、私たちの目をまっすぐ見つめた。

「そろそろ行かねば。お二方に真贋《しんがん》鑑定を依頼して本当に良かった。改めて感謝申し上げます。実は最初、鵺《ぬえ》に協力を依頼するのか、と渋る犬神族もいたのですが……」

白露が苦笑する。けれど小春はきっぱりと言い切った。

「悪い風評が、一人歩きしているだけだったのですね。百どのの言葉通りだった。あなたは立派な美術商でいらっしゃるし、ちづるどのも麒麟眼《きりんがん》の持ち主にふさわしい、高潔なお方だ。本当にありがとうございました」

「いえ、そんな……」

「何かお困りの際は、我ら犬神族にご連絡を。必ずやご恩をお返し致しましょう」

深々と頭を下げ、小春は去っていった。

族長の家の前にはあやかしが続々と集まりつつあった。そろそろ次期族長の就任式が始まるらしい。

私たちは最後尾でそれを眺めていた。喪服だらけのあやかしの中で、一人純白の衣装をまとう小春。その緊張した面持ちは、初々《ういうい》しいけれど、思わず背筋を正してしまうような気迫に満ちていた。

「族長にとって、自分の眠る棺桶がなんであるかは二の次だったのかも。跡を継ぐ若い犬神族の娘が、健《すこ》やかに、強《したた》かに族長を務められるように、自分の『泉』を継がせたんだ」

私の言葉に、白露は目を細めて、眩《まぶ》しそうに小春を見た。

「たとえ離れても、ああして自分の意思を遺《のこ》すことができるのか……」

未央さんは人間で、もう七十歳を超えているし、彼女と小春が親友になれるかどうかは分からない。

けれど、小春はもう理解している。未央さんのような人が得難く、族長として生きるためには、いなくてはならない存在だということを。

――そしてそれは、私も同じだ。

私にとっての未央さんを、『泉』を、見つけたい。

私一人では抱えきれない麒麟眼《きりんがん》という重みを、ひょいっと半分こしてくれるような存在がいてくれたらいい。

そしてそれが、白露だったら……。私の隣で目を細めている、同じ孤独を知っている鵺《ぬえ》だったらどんなにいいだろうと思う。

私の麒麟眼《きりんがん》の重みを半分持ってもらう代わりに、私も彼の鵺《ぬえ》としての重みを半分持ってあげるのだ。

それができたら、きっと。

「……幸せだろうなあ」

「うん？　何か言った？」

「なあんにも。ねえ白露、今日はとってもいい天気で、お葬式日和《びより》だね」

「そうだね。別れにはいい日だ」

第三章　双頭《そうとう》の奇術師

「お姉ちゃん、こっちとこっちのプリン、どっちがほんもの？」

狐の耳をひょこんと動かしながら、ぐりぐりとプリンの容器を押し付けてくるのは、佐那の幼い妹だ。

「えーと、どっちも本物だから、どっちを食べてもいいと思うよ」

「そんなのつまんない！　あっねえねえ、今私が何考えてるか麒麟眼《きりんがん》で当てて！」

「……このお姉ちゃん、意外と使えないな？」

「せいかーい！　やっぱり麒麟眼《きりんがん》って本物なんだ！」

けたけたと笑う子ぎつねは、私をおもちゃにするのに飽きたのか、プリンをテーブルに置いて、姉の方に走っていった。

私は現在、佐那の家にお邪魔している。一応は、和風の家なのだが、個室という概念がないらしく、元はいくつかの部屋だった部屋の壁がぶち抜きになっている。ただひたすら広い畳の部屋だが、向こう側が見えないくらい広いというのはどういうことか。

春龍街《しゅんりゅうがい》の中心部に、よくこんなに広い家を建てられたものだと思ったら……

『これはね、あやかしの術ですの。私の父は建築家で、あやかしが住むための特殊な空間を術で展開しているから、狭い場所でも広く活用できるんですのよ』

そう、物を知らない子どもに説くような感じで佐那に言われた。

「今日は急に申し訳ありませんでしたわ。まさか父の術符《じゅつふ》が、妹たちにめちゃくちゃにされてしまうなんて……」

「いいよいいよ。それで術が失敗しちゃったら大事だもんね」

私が佐那に呼ばれたのは、今から四時間ほど前のことだ。

白露と一緒に昼食を食べながら、夜ご飯をなんにしようね、なんて所帯じみた会話をしていたところに、佐那の使わした赤い折り鶴が現れたのだ。

折り鶴は私を見つけるなり、佐那の声で叫んだ。

『麒麟眼《きりんがん》が今すぐ必要ですわ！』

そうして駆けつけてみれば、佐那の家には数百枚の術符《じゅつふ》――和紙のようなものでできた、短冊状の紙――が、あちこちに散乱していた。

部屋の真ん中では、まだ幼い妖狐たちが豪快に術符《じゅつふ》を蹴散らしてはぐちゃぐちゃにしている一方で、それを必死に止めようとしている佐那の姿が。

「これ、父の仕事で使うものなんですの！　順番が決まっているんですが、妹たちにバラバラにされてしまって……！」

「おっけ、任せて。まずは一か所に集めよう」

だだっ広い部屋の至るところに術符《じゅつふ》が散らばっていたが、そこは佐那の姉としての経験がモノをいい『誰が一番多くの術符《じゅつふ》を集められるかゲーム』で幼い妖狐たちを動員し、なんとか全ての術符《じゅつふ》を回収し終えた。

あとは麒麟眼《きりんがん》を使えば、楽勝、というわけである。

全ての術符《じゅつふ》を順番通り黒い箱に収めた佐那は、泣き笑い顔で安堵のため息をついた。

「さ、ちづるもプリンを召し上がって。コーヒーと紅茶、どちらがいいかしら」

「コーヒーで。なんか最近寝つきが悪くて、すぐ眠くなっちゃうんだよねえ」

「あら、眠れないの？」

「なんかねえ、外で鳥……っていうか、フクロウ？　がボーボー鳴いてるんだよね。うるさいって感じじゃないんだけど、なんか気になっちゃって」

「そうなの？　白露の家は確か、防御の術がかかっているから、鳥も近づけないはずだけれど……まあ、たまたまかしらね」

そう言って佐那が、淹《い》れたてのコーヒーを差し出す。分厚いマグカップになみなみと、だ。

彼女とはもう何度も出かけているので、私がブラックコーヒーを好むことを知っている。ミルクは？　とも聞かれず、マグカップでどんと出されるコーヒーが、私たちの親密さを示しているみたいで、少しこそばゆい。

「本当にちづるのおかげで助かりましたわ。ありがとう。急に呼び出しちゃってごめんなさい」

「いいのいいの。最近は麒麟眼《きりんがん》で雑用こなしてるから。この間は下に住んでる船入道《ふなにゅうどう》と人間のカップルにスーパーの前で呼び止められて『本物の晩白柚《ばんぺいゆ》はどれか教えてくれ』って言われたよ」

春龍街《しゅんりゅうがい》の晩白柚《ばんぺいゆ》には、時々偽物が交じっているらしい。

フルーツの真贋《しんがん》鑑定はともかく、麒麟眼《きりんがん》をこうして誰かのために役立てられるというのは、新鮮な気持ちだった。今まで麒麟眼《きりんがん》と言えば、見たくもない相手の本音を見せつけられる忌々《いまいま》しい力でしかなかったけれど、今は少し違う見方ができる。

私でも、誰かの役に立てる。それは今までにない喜びだった。

「ちづるも忙しいのね」

「いやいや、持ち帰り残業してる佐那のお父さんほどじゃないよ」

「父も普段は家に術符《じゅつふ》を持って帰らないのですけれど、ほら、モノレールが全然復旧しないでしょう。あれで帰れない人間を守るための施設を作らなくちゃならなくて、持ち帰りの仕事が増えてしまったのですわ」

そう、モノレール。人間社会に戻るために必要不可欠なそれが、春龍街《しゅんりゅうがい》に来てからもう一か月近く経つというのに、一向に復旧の兆《きざ》しを見せないのである。

「ちづるは大丈夫ですの？　あちらでの生活や、待っている人がいるでしょう」

「待っている人はいないし、生活っていっても最近は家と会社の往復だったから」

会社という言葉がずいぶん遠くに感じる。あれほど私の人生を縛り付けていたものが、今ではなんだかふわふわとした概念みたいだ。

「会社、辞めちゃおっかな」

ずっと考えていたことをついに口に出してみると、発した言葉が妙に脳で反響して面白かった。

佐那はコーヒーにミルクを落としながら、あらいいじゃない、と言っている。

「働き口ならいくらでもありますわよ。心身をすり減らしてまで労働するものじゃありませんわ」

「ぐうの音も出ない正論……でもそうなんだよね。あんなにしんどい思いをして働く意味がもう見いだせなくなっちゃって」

「人間社会の仕事をお辞めになるなら、春龍街《しゅんりゅうがい》に住むって話、そろそろ本気で考えてみたらいかが？　白露のところでお世話になってもいいでしょうし、他の仕事先がよければ、私も伝手《つて》を探してみますわ」

「ありがと、佐那！　まだここに住むかどうかは決めてないんだけど、その時は色々話を聞かせて」

「もちろんですわ。でも治安という意味で考えたら、白露と一緒に住んでいた方が安全かもしれませんわね」

どういうこと、と尋ねれば、佐那は妹たちをはばかるように声を落とした。

「最近、春街商店街《はるまちしょうてんがい》に、双頭《そうとう》の奇術師が出没するのをご存じ？」

「春街商店街……色々不思議なお店が並んでるところだよね？　でもそこに出没する奇術師は知らないや。しかも双頭《そうとう》って、頭が二つ？」

「らしいですわよ。その奇術師、どうやら夏虎海《かこかい》からの流れ者らしいんですの。言っておきますけれど、夏虎海《かこかい》と春龍街《しゅんりゅうがい》の行き来は、あやかしであっても年に数十人ほどですから、かなり珍しい存在でしてよ」

「で、その奇術師は何をするの」

「その奇術師はね——月を二つにしてしまうんですって」

「月を、二つに？　そういうマジックってこと？」

「分かりませんわ。でもその道のプロである化けだぬきが言うには、限りなく本物に近い月、とのことです。私も一度見てみたいですわ！　妖狐の術は化けだぬきに勝るとも劣りませんもの、きっとタネを見破ってみせます」

鼻息荒く言う佐那。

しかし、月が二つとは、なかなか大掛かりなマジックだ。昔建物を消してしまうマジックというのを本で見たことがあるけれど、それは観客側が動く、大掛かりな仕掛けがあったような気がする。

熱く語っていた佐那だったが、考え込むように腕を組んで呟いた。

「この奇術師の噂を聞くようになってから、あやかしが人間を襲う事件が続いてますの。被害者は皆軽傷なのですが、どうにもきな臭くて……モノレールも原因不明の不通状態ですし、ちづるも用心するに越したことはありませんわ」

「あやかしが人間を襲うって、どうして？　何か喧嘩でもしたのかな」

「被害者は、あやかしが一方的に襲い掛かってきたと言っているようですが、詳しい状況は調査中ですの。何か分かるまでは、ちづるも一人で外を出歩かないように」

「だからか。最近白露がやけに買い物にくっついてくるなと思ってたんだ。一人じゃ危ないからついてきてくれてたんだね」

そう言うと、佐那は安堵したように笑った。

「白露、そういうところはしっかりしてますのね。よかった」

＊

夏の気配を感じる日差しの中、私は台所で朝ごはんの用意をしている。

「ねえ白露、半端に余ったきゅうりのぬか漬け、ポテトサラダに入れてもいいかな」

尋ねると、新聞をめくっていた白露が、複雑そうな表情を浮かべた。

「ちづる……それは僕がきゅうりのぬか漬け嫌いと知っての狼藉《ろうぜき》で……？」

「うんでもほら、一本分もないよ。ちょっぴりだよ」

「じゃあちづるが食べちゃってよ、ポテトサラダが汚染される」

「汚染て」

我ながら、同棲カップルのような会話である。私の顔と中身が好きだという鵺《ぬえ》と一つ屋根の下に暮らして、朝昼晩とご飯を共にして。どんな状況だ。

でもこの生活は悪くない、というか、今までの人生の中で一番楽しいかもしれないとさえ思う。

佐那も言っていたが、もし春龍街《しゅんりゅうがい》に住むのならば、白露と一緒がいいだろう。治安的な意味でも、私自身の望みとしても。けれどそのためには、白露の同意を得ないといけないし、そもそも私自身、覚悟を決めないといけないし……

先のことを考えながらも、目の前の日常を進めようと、私は白露に尋ねた。

「今日は何か仕事あるの」

「ないねえ。街でもぶらぶらしようか。暑くなる前に銭湯もいいな」

「美術商なんだから、なんかこう……仕入れとかしなくていいの」

「この部屋に物を置く余裕があるとお思いかい？」

白露の言う通り、家中に物が溢《あふ》れ返っている。それも骨董品や美術品というより、ガラクタに近いものが多い。

開き直った顔でこちらを見ていた白露の顔が、ふと、強張《こわば》った。

ガタリと勢いよく立ち上がると、私の所へ大股で近づいてくる。

背の高い白露に強く抱きしめられたかと思うと、羽織をばさりと被せられた。あたふたする私の耳元に、白露が囁《ささや》きかける。

「君の姿を消した。ここで静かに、息を潜《ひそ》めていろ」

「ちょっと、どういう……」

「いい子だから。何も喋《しゃべ》らないで」

白露の気配が離れてゆく。白檀《びゃくだん》の——白露の香りが染み込んだ羽織がぱさりと床に落ちた瞬間、家がぐらりと揺れた。

「邪魔するぞ」

低く威圧的な声が聞こえる。

玄関からではなく、なんらかの術でもって突如部屋の中に現れたのは、長い赤毛の男性だった。

黒い和服をまとっているが、衣服越しでも背中や肩の辺りが筋肉で膨張しているのが見える。金色に光る眼差しと鋭い牙は、どこか鬼を彷彿《ほうふつ》とさせた。

白露は冷たい目で闖入者《ちんにゅうしゃ》を睨《にら》みつける。

「大黒天《だいこくてん》。一体なんの用事かな」

「何……きゃっ」

大黒天と呼ばれた男は、じろじろと不躾《ぶしつけ》に部屋を眺める。その視線は、台所で突っ立っている私を素通りしていった。

「……麒麟眼《きりんがん》の娘はどこだ」

白露の術のおかげで、私の姿は見えていないようだ。

「おつかいに出てるよ。朝食に卵を切らしたものでね」

「下手な嘘をつく。……まあいい、仕事の話だ」

「それならせめて玄関から入ってほしかったね」

「黙れ、鵺風情《ぬえふぜい》が。この俺に指図する気か」

あんた一体何様のつもりなの。

そう言いたくなるのを、白露の『息を潜《ひそ》めていろ』という言葉を思い出してこらえる。言っておくが私は頭に血が上《のぼ》りやすい方だ。大黒天が誰だか知らないが、次はないと思った方がいい。

「春龍街《しゅんりゅうがい》に異変が起こっている。モノレールがちっとも復旧しない。それに加えて、あやかしが春龍街《しゅんりゅうがい》の人間を襲う事件が増えている」

「理由は分かっていないのか」

「仮説はある。一つ目は、麒麟眼《きりんがん》の娘だ。異変は全て、あの娘が春龍街《しゅんりゅうがい》に足を踏み入れた日から起こっている」

「……二つ目は？」

「双頭《そうとう》の奇術師。月を二つに増やすという、流しのマジシャンだ」

佐那が言っていた噂話だ！　ここでまた聞くことになるとは。

「月を、二つに？」

「ああ、お前にとっては穏やかならざる話だろうな。事実、そのマジシャンが現れてから、人間を襲撃するあやかしが増えた。月に狂わされている」

「待て。その月を増やすとかいうマジックが、本物だと思っているのか？」

「青行灯《あおあんどん》に送り雀《すずめ》、隠神刑部《いぬがみぎょうぶ》と獏《ばく》。普段は穏やかなあやかしたちが、急に狂暴になって、春龍街《しゅんりゅうがい》にいる人間を襲った。正確に言えば、襲ったのは人間だけではないが、あやかし同士のいざこざはあまり問題にはならないからな」

白露が一瞬絶句して、それから言葉を継ぐ。

「そのあやかしたちは、確かに月に狂わされる性質を持っているな。だから、その奇術師が生み出した二つ目の月が、春龍街《しゅんりゅうがい》の異変の原因だと？」

「管理局の上層部はそう思っている。だから今日ここへ来たんだ」

大黒天は実に偉そうにこう言った。

「その双頭《そうとう》の奇術師について調べろ。必要があれば麒麟眼《きりんがん》の娘も使え」

そうして興味を失ったように白露から視線を外すと、大黒天は大きな目でぎろりと部屋を見渡した。

「しかしまあ、美術商だかなんだか知らないが、ガラクタをため込んで暇な奴だな。嫌われ者は嫌われ者らしく、春龍街《しゅんりゅうがい》の端で隠れて暮らせ」

堪忍袋《かんにんぶくろ》の緒が切れかかっているのを感じる。今は白露の顔を立てて黙っているが、次会ったら容赦しない。麒麟眼《きりんがん》をガンガンに使って、大黒天の黒歴史も初恋の相手も全部街中でぶちまけてやる。

そんな計画があることなど知らない大黒天は、偉そうな態度を崩さぬまま、「一週間後に報告を持ってこい」と言って、姿を消した。

白露はしばらく息を詰めていたが、やがて長いため息をついた。

「もう喋《しゃべ》っていいよ、ちづる」

「大黒天って一体誰なの⁉　何様⁉」

「春街商店街の顔役だよ。お山の大将気質というか、ちょっと偉そうなところがある上に乱暴者だから、皆手を焼いてる」

「顔役だかなんだか知らないけど、頼みごとがあるんならちゃんと玄関から入りなさいよね。失礼でしょ！」

「怒るところそこ？　まあ確かに、土足でずかずか入られると掃除が大変だね」

へらりと笑う白露に、私の怒りが行き場をなくしてしぼんでゆく。

「あんな風に馬鹿にされて、どうして白露は怒らないでいられるわけ」

「大黒天の言葉は事実だからね。敵だし、嫌われ者だ」

「そんなことないでしょ？　美術商としてちゃんと働いてるし、誰かの役に立ってる」

そう言うと、白露が珍しい無表情で私を見た。

「だって、誰かの役に立っていなければ、誰もいないところに追い払われてしまうからね。君とは違うんだ、ちづる。麒麟眼《きりんがん》があって、最初から善《よ》いものとして受け入れられている君とは」

「私とは、違う？」

我ながら険のある声になってしまった。白露ははっとした様子で、慌てて困ったような笑みを取り繕《つくろ》う。

「僕は、誰かの役に立つというのが、存在するための最低条件なんだ。僕が存在することを許してもらうために、有用なあやかしであり続けなければならない。自分の価値を証明し続けなければならないんだ」

「でも、そうやって頑張っても、あんな風に言われてしまうんでしょう?」

「歩くたびに石や罵声《ばせい》をぶつけられたり、家を焼かれたりしないだけましだよ」

さらりと恐ろしいことを言って、白露はこの話はこれでおしまいとばかりに、にっこりと笑みを作った。

「大黒天が怖いかい? 大丈夫、君はちゃんと僕が守るから」

「分かってる。それを疑ったことは一度もないよ」

「そう? よかった。しかし、双頭《そうとう》の奇術師ねえ……ちづるは何か聞いたことある?」

この話をこれで終わりにしたくはなかった。けれどきっと、白露はもうこれ以上話し続ける気がないのだ。

片眼鏡《モノクル》にカムフラージュされた笑顔は、私の中途半端な同情を拒《こば》んでいる。

私は自分の無力さを呪いながら、白露の言葉に答えた。

「佐那から聞いたことがあるよ。都市伝説だと思ってたけど」

佐那の話をそのまま白露にすると、白露は腕組みをして唸《うな》った。

「大黒天が気にするほどの事態だ。一度真偽を確かめた方がよさそうだね」

そうして私たちは三日ほど待った。春龍街《しゅんりゅうがい》の四季は人間社会と同じくらいで、既に半袖《そで》一枚で快適に過ごせるくらいの気温になりつつあった。

モノレールはまだ復旧していない。

夕飯をとった後、少し薄めの番茶を湯呑に注《そそ》いでいると、白露が心配そうに言った。

「ちづる、もう一か月以上帰れてないもんね。それが原因でクビになることはないとはいえ、やっぱり不安？」

「あんまり。こっちでの生活は、白露のおかげで快適だし。……それに、ちょっとだけ、春龍街《しゅんりゅうがい》に住むことも考え始めてるんだ」

少しどきどきしながら切り出すと、白露は拍子抜けするほど自然に言葉を返した。

「いいと思うよ。君にとってはこっちの環境の方が楽だろう。ちづるなら仕事もすぐに見つかる。ただ僕としては、人間社会に戻るのもアリだと思うけどね」

最近春龍街《しゅんりゅうがい》も治安が良くないから、と呟く白露。

もし私が人間社会に戻れば、私と白露は離れた所で暮らすことになる。春龍街《しゅんりゅうがい》は、観光地的な場所とはいえ、そう気軽に何度も行き来できる場所ではない。

白露はそれでいいんだろうか。

「未央さんみたいな例があるじゃない？　あんな風に上手くこっちになじめるかは分

からないけど、春龍街《しゅんりゅうがい》も楽しそうな気がして」

「もし本気で住む気なら、僕が色々手助けするよ。春龍街《しゅんりゅうがい》には一人暮らし用のアパートもたくさんあるしね」

あれ、と思って、冗談に紛れさせて聞いてみる。

「私はもうお役御免？ 前はここに住んでいてもいいって言ってなかったっけ」

「それはあくまで一時的にって意味だよ。本格的にこの街に腰を落ち着けるつもりなら、鵺《ぬえ》と同居はしない方がいいと思う。あらぬ疑いをかけられてしまうからね」

「あらぬ疑いって？」

「鵺《ぬえ》が麒麟眼《きりんがん》の娘をたぶらかしてる、って疑い。そういうの嫌だろ」

「私が望んで一緒にいたとしても、だめなの？ って言うか白露は私のこと好きなんじゃなかったっけ？」

冗談めかしてカムフラージュしたとはいえ、ここまで踏み込むのは勇気がいった。

心臓がばくばく鼓動を鳴らしているのが分かる。

けれど、白露はただ眩《まぶ》しそうに私を見るばかりだった。

「好きだから、一緒にいたらだめなんだよ。だって僕は」

「鵺《ぬえ》だから、でしょう」

吐き捨てるように言うと、白露はちょっと視線を逸らして頷いた。

白露は私と一緒にいたくないんだ。それを悟ってしまい、私は暗い気持ちになる。春龍街《しゅんりゅうがい》に住むことを考えたのは、白露の存在があったからだ。この鵺《ぬえ》と一緒に暮らしてみたら、どんなことが待ち構えているだろう、そう思って期待していたのに。

白露が私と一緒に住みたくないんじゃ、こんなのただの独りよがりの妄想だ。それどころか白露は、私を人間社会に戻したがっている。

虚しさと馬鹿馬鹿しさが込み上げてきて、私はため息をついた。

何か言いかけた白露が、はっとした様子で窓の外を凝視する。闇を見透かすような眼光は鋭い。

「どうしたの？」

「春街商店街に探知網を張っていたんだけどね、今それに見知らぬあやかしの気配が引っかかった。恐らく双頭《そうとう》の奇術師じゃないかな」

「それなら、今すぐ行かなきゃ！」

「ああ」

慌てて家を出て、路面電車に乗ろうとしたところを、腰を抱かれて横抱きにされる。

犬神族との一件で、こうやって運ばれるのにも慣れたつもりだったけれど、ちょっと意識してしまった。

だって白露の手は、あんな言い合いをした後でも、優しいから。

白露に抱かれ、高いところから見る春龍街《しゅんりゅうがい》の夜景は美しかった。

あちこちに明かりが灯り、あやかしたちが夜を楽しんでいるのが分かる。ふわふわと漂《ただよ》う幽霊のようなもの、威勢よく呼び込みをする猫又、きゃらきゃら笑いながら駆け抜ける妖狐の子ども。

彼らが襲われるようなことは避けたい。双頭《そうとう》の奇術師とやらをさっさと見つけて、あやかしが襲撃されるなんて物騒な騒ぎを治めなければ。

私たちは春龍街《しゅんりゅうがい》の外れにある通りに降り立った。

白露が油断なく辺りを見回している。それに倣《なら》って周囲を観察していると、少し外れた路地に誰かが入っていくのが見えた。長い尻尾《しっぽ》がある。

「今のひと、頭が二つあった気がする！」

「後を追ってみよう」

私たちは足を速め、長い尻尾《しっぽ》の後を追う。

背の低い建物に挟まれた路地に入り込み、急いでそこを抜けると、商店街の賑《にぎ》わいが遠ざかる。静寂とまではいかないけれど、比較的落ち着いて会話ができそうな空《あ》き地に出た。

店を建てるほど広い土地ではないが、ただの道にしては大きすぎる、不自然な空《あ》き地。

真ん中になぜか象を模した小さな滑り台があって、それがまた不思議だ。

その滑り台の上に、ひょっこりと誰かが現れた。

「おやおや！　見ろよサカイ、今宵《こよい》はずいぶん上等なお客様がいらっしゃったぞ」

「本当だ！　これは気合を入れねばなりませんよニルヤ、何しろ鵺《ぬえ》と麒麟眼《きりんがん》の組み合わせです！　生半可な奇術ではチップなど頂けませんからねえ！」

それは黒いタキシードに身を包み、白いネッカチーフを巻いた男性だった。

けれど頭が二つある。それも、茶色い蜥蜴《とかげ》のような頭が。

「やあやあお二方、今宵《こよい》は逢瀬《おうせ》には良い夜です。我ら兄弟が、その夜に月を添えましょうや」

「月ならもう出ているけれど」

白露ののんびりとした言葉に、向かって右の頭がゲタゲタと笑う。

「そりゃあそうだな。お月さんはちょうど空のてっぺんでギラギラ輝いてる、なあサカイ？」

「ええ、月は既に出ていますね。けれど何も、一つしか存在してはいけない道理もありますまい？　ちょうど我らの頭部のように！」

向かって右がニルヤ、左がサカイ。二人は喋《しゃべ》った後にシュルッと細長い舌を出す。なんだかそういうおもちゃみたいだ。

「我らの頭部が二つであるように。月もまた二つあってもいいでしょう？」

「我が弟の言う通り！　さあさごろうじろ、我らが春龍街《しゅんりゅうがい》の黒き夜空を！　そして刮目《かつもく》せよ、天に輝く――『二つ目の月』を！」

二人は芝居がかった仕草で上空を指さす。私と白露はまんまとそれにつられて、一緒に空を眺めてしまう。

そこには、確かに二つ目の月が現れ、本物のように輝いていた。

「なっ……⁉」

真上でギラギラ輝いている満月と、その斜め右下で、満月より二回りほど小さい三日月が同時に存在していた。

違いと言えば、その三日月の方が、銀色に近い色をしていることくらいだろう。天体に姿の違う二つの月が浮かんでいるのは、異様な光景だった。

「あ……あれは……！」

白露の声が震える。いや、震えているのは声だけじゃない。

白露は全身を震わせ、唇をわななかせながら、二つ目の月を見上げていた。片眼鏡《モノクル》越しのとび色の目が、鮮血を落としこんだような緋色に変わってゆく。

「は、白露……？」

「どうして、あんな月が……！　あれは……茨木童子《いばらきどうじ》の……！」

「茨木童子？　何、なんなの！」

「ちづる……ぼくから、はなれろ」

それが白露の残した最後の言葉だった。

目の前で、彼の肉体が異形《いぎょう》のものへと変じてゆく。手足は獣の四つ足に、なめらかな肌には黒くて硬い毛がぞわりと生えそろっていった。

猫又、花梨を退《しりぞ》けた夜のことを思い出す。右腕を毛むくじゃらの剛腕に変え、いとも簡単に歴戦の猫又を追い払ってしまった白露。

右腕だけでもあんなに強かったのに。全身が、あんな風になってしまったら。

「おお、おお！　これは恐ろしい、鵺《ぬえ》の本性」

「俺らなんかばくっとひと飲みだ、なあサカイ」

「それも悪くはありません。共に死ねる幸いを寿《ことほ》ぎましょう」

兄弟はそう囁《ささや》きながら、人間の肉体を捨て去ろうとしている白露を眺めている。

ばきばきと、骨と肉が変形する忌《い》まわしい音と共に、白露はその身を完全に鵺《ぬえ》へと変貌させた。

「……白露」

私の呼びかけに返事はない。

体長は三メートルほど。蛇のような長い尾も含めれば、十メートルくらいはあるんじゃないだろうか。

黒い毛に覆われた体は肉食獣の敏捷《びんしょう》さを帯び、黄ばんだかぎ爪はアスファルトの地面をやすやすと砕く。

顔は狼に似ていたが、マズルはそこまで長くない。ただ、禍々《まがまが》しく輝く赤い目に理性がないことだけは確かだった。

鵺《ぬえ》は私たちを一瞥《いちべつ》すると、信じられないほどの素早さで上空に躍り上がった。

翼も生えていないのに、空中を軽々と駆け上がってゆく。足元に、雷鳴のような紫色の光が瞬《またた》いては消え、私の瞼《まぶた》に残像を残す。

そうして白露は、あっという間にどこかへ消え去ってしまった。

「白露……白露ーっ！」

「無駄ですよ、麒麟眼《きりんがん》のお嬢さん。鵺《ぬえ》は凶兆、忌《い》まわしき闇のけだもの。人の言葉など届くものか」

「でも、あれは……！　どうして……⁉」

「そりゃあ鵺《ぬえ》は月に弱いからさ。月はあやかしを狂わせるものだが、あの三日月はとりわけよく鵺《ぬえ》に効く」

しれっと言う蜥蜴《とかげ》の兄弟。私はつかつかと歩み寄ると、その胸倉を掴《つか》んだ。

「どういうこと！　あんたたちは白露に何をしたの！」

「なぁんにも」

からかうような言葉と共に、シュルッとニルヤの長い舌が伸び、私の頬をかすめる。

頭にきたので、その舌を掴《つか》んで、ぐいっと引っ張ってやった。

「あだだだっ⁉　いひゃっ、いひゃいひゃい！」

「ニルヤ⁉　ちょっ、やめなさい、お嬢さん！」

「黙って！　吐かないとこのまま舌を引っこ抜くわよ！」

「私たちは何もしていません！　ただの奇術師が、どうして鵺《ぬえ》にちょっかいを出せますか！」

その言葉に偽りはなかった。私は舌を離す。

ぺっぺっと伸び切った舌を口に収納しながら、ニルヤは言った。

「俺たちはあの月のことなんか知らねえ。出現のタイミングが分かってたから、それに合わせて意味ありげな振る舞いをしたら、俺たちがあれを出現させたように見えるだろ」

「双頭《そうとう》の奇術師が、二つ目の月を生み出す。——噂話としてハマるでしょう？」

ということはつまり、彼らは二つ目の月の出現とは全く関係がないということか！

それでもなんとか手がかりを見つけたくて、私は必死に尋ねた。

「いつあの月を見つけたの？　誰かに誘導されたりとかしなかった？」

「ちょうど今から二十六日前です。あの月、そんなに長くは浮かんでいないんですが、偶然見つけましてね。誘導された覚えはないですが」

「待って、でも普通、二つ目の月が空に浮かんでたら、皆気づくわよね？」

「だが、あの月は俺たちがいないと誰にも見えない。俺たちはあの月を出現させることはできないが、あの月は俺たち抜きでは存在できない」

「……やっぱりあんたたちが何か企《たくら》んでるんじゃないの？」

そう叫んでも、奇術師たちはぶんぶんと首を横に振った。二つの首を同時に振っても、お互いにぶつからないのは、見事と言うかなんと言うか。

「麒麟眼《きりんがん》なのだから、私たちが嘘をついていないことくらい分かるでしょう」

「そうだけど……じゃあ、あの月の正体はなんなの？」

「はっ。それこそその麒麟眼《きりんがん》で確かめてみりゃあいい」

言われなくても、さっきからずっと麒麟眼《きりんがん》を使っているのだ。

だけど私に分かるのは、あの月が『本物』であることだけ。それ以上の情報を見ようとしても、視界に靄《もや》がかかったようで、なかなかその先を見通すことができない。

こんなこと、春龍街《しゅんりゅうがい》に来てから初めてだ。

だから、誰かが裏で糸を引いているのでは、と思っているのだが、目の前の奇術師たちからはそれ以上が読み取れない。

「次あの月が出るのはいつ？」

私の問いに、双子は口を開きかけて、顔を見合わせた。

「あれ……？　待てよ、いつも次月が出てくる場所と時間がすぐに分かったのに」

「今は何も思い浮かびませんね。と言うか、そもそも次月が出てくる場所と時間が分かっていたのって、どうしてだったんでしょうか」

「どういう意味？　言っとくけど、今更しらばっくれたって許さないから」

「それ以上問うても無駄だ」

突然、上から低い男の声が聞こえてくる。

見上げると、屋根の上にいた白いフクロウが、こちらへ降りてくるところだった。

滑り台の上にとまった、一抱えほどもある巨大なフクロウは、その金色の目でちらりと私を見た。

「あの月はまやかしだ。そしてこの奇術師はただの傀儡《かいらい》。操られているだけにすぎぬ」

「……あんた、誰？」

「我が名は酒呑童子《しゅてんどうじ》」

すぐに麒麟眼《きりんがん》を使う。この状況に現れたあやかしの言葉を鵜《う》呑みにすることはできない。

けれど、フクロウからは何も見えないし、聞こえなかった。

「……麒麟眼《きりんがん》が、使えない？」

「俺はゆえあって、麒麟眼《きりんがん》が通じぬようになっている。だが案ずるな、俺とお前は利害を同じくするものだ。ここは手を結ぼうではないか」

酒呑童子と名乗るフクロウからは、なんの情報も読み取れない。こんなことは初めてだった。

白露を頼りたくても、当の本人がいなくなってしまったのだから、どうしようもない。今になって初めて、彼が私の側にいてくれたことの重みを痛感する。

「あの鵺《ぬえ》は月に焦がれている。だがあの月はまやかしだ。まやかしなればこそ、そのうち鵺《ぬえ》を取り込んでしまうだろう」

酒呑童子は謎めいた言葉と共に不敵に笑った。

「ではまず、そこの双頭《そうとう》の奇術師よ。その傀儡《かいらい》の糸を見せるがいい」

酒呑童子の言葉が、音叉《おんさ》のように反響する。

奇術師たちの動きがぴたりと止まった。その目が墨を流し込んだかのように黒く染まる。

ほう、と一声鳴いた酒呑童子は、「……やはりそう簡単に尻尾《しっぽ》は掴《つか》ませぬか」と、ため息をついた。

「何？　何も分からなかったってこと？」

「分からないことが分かった」

「それは分かったたって言わないのよ！」

叫ぶと、酒呑童子はくっくっと面白そうに笑った。

「分からないことが既に答えなのよ。俺の目をかいくぐることができる者はそうはおらぬ。しかし問題は、誰が下手人《げしゅにん》であるかだ」

「さっき白露は、茨木童子って言ってたけど」

「茨木童子だと？　なるほど確かに、あやつならやりかねん」

私は大黒天の依頼を思い出す。

「その茨木童子が二つ目の月を作って、あやかしたちを惑わせて、モノレールの運行を妨げているんだとしたら……白露をあんな風にしたのも、きっとその茨木童子って奴のせいじゃない？」

「ああ。俺はあいつのことをよく知っているが、それだけのことを成し遂《と》げられるのは、茨木童子以外におらんだろうな」

「じゃあその茨木童子って奴を捕まえて、月を消してもらわなくちゃ！　そいつが今どこにいるのか、分かる？」

「さあな」

肩透かしを食らわした酒呑童子は、その翼を奇術師たちに向けて広げた。

黒く染まった瞳孔《どうこう》が、元の黄褐色へと戻り、彼らはきょときょとと辺りを見回している。

「今のは一体なんだったのでしょう？」

「よく分からないけど、俺たちが無事なのは確かだな。よし！」

ニルヤはそう言って、さっと滑り台に上《のぼ》る。

「用は済んだな？　それではこれにて奇術は閉幕、また会う夜をお楽しみに！」

どろんと煙《けむり》が上がったかと思うと、双頭《そうとう》の奇術師はあっけなく姿を消してしまった。

「彼らを逃がしちゃっていいの？」

「構わん。傀儡《かいらい》だと言っただろう。問題は茨木童子の方だ」

フクロウは翼を畳み、意味ありげな目で私を見てくる。

「茨木童子の行方《ゆくえ》を捜すためには、その麒麟眼《きりんがん》が必要になってくる。俺に協力する気はあるな？」

「その前に、あんたの目的はなんなの」

「俺の目的は、春龍街《しゅんりゅうがい》の安全を取り戻すこと。人間社会へのモノレールを復旧させ、春龍街《しゅんりゅうがい》の正常な営みを再開させることだ」

そう言って酒呑童子は私を見つめた。

「お前は？　お前はなんのために鵺《ぬえ》を取り戻す？」

「……」

「凶兆に他ならぬ鵺《ぬえ》を、どうして助けたいと思う？　月に焦がれる鵺《ぬえ》の姿こそ、あやつの本性かも知れぬぞ」

強い眼力に一瞬怯《ひる》みかける。

そうだ。白露は別に私と一緒にいたいとは思っていないのだから、彼を取り戻そうとする行為は、私の独りよがりでしかない。白露が私と距離を置きたいのなら、それを止めることはできなかった。

「白露は、私と一緒にいたいとは思っていないかもしれない。でも、私は白露にもう一度会いたい。だって言っていないことが多すぎる……！」

もう一度白露に会って、ちゃんと伝えたい。

そもそも、私は白露の孤独に寄り添いたいという気持ちを伝えられていない。春《しゅん》龍街《りゅうがい》で白露と一緒に暮らしたいという考えも、白露といると楽しいということだって、一度も口に出して伝えたことはなかった。

それに……白露のあの姿は、彼が望んだものではないだろう。

猫又を一蹴してしまえるほどの力を振るった時の、白露の浮かべた寂しそうな表情を思い出す。強くて狂暴なあやかしの本性であることは、きっと彼が望んだことではない。

それに、ああ見えて白露は、結構寂しがり屋なのだ。

「私は白露を助けて、もう一度白露に会いたい。あんな狂暴な生き物じゃない、ほんとうの白露に」

「そうか」

呟いた酒呑童子は、やけに優しい眼差しをしている。

「ならばその麒麟眼《きりんがん》、大いに役立てろ。お前のその目が頼りだ」

「もちろんよ。あんたもせいぜい、私の役に立ちなさいよ」

「ふはっ。私の役に立て、か」

酒呑童子は楽しそうに笑う。

「強気だな。さすがは俺の……」

「俺の？」

「俺の……見込んだ娘だ」

不自然な間があったような？　まあいい。

「今夜はもう遅い。帰って休み、明日から動こう」

「分かった」

「送っていく。俺についてこい」

そう言う酒呑童子の白い翼を追いかけながら歩き出すと、隣にいるはずの白露の不在を強く感じた。けれど諦めない。

私は彼を取り戻すのだ。

＊

白露はとりとめのない思考に身を委《ゆだ》ねている。

鵺《ぬえ》として生きる生涯は、控えめに言っても最悪だ。

この世に生まれ落ちた瞬間から害悪となった。母や父がどこにいるかは分からず、生まれたばかりの凶兆のしるしは、赤子のまま世界に放り出された。

赤子相手であろうとあやかしたちは容赦なく、凶兆のしるしに襲い掛かる。けれどそのたびに、不思議な力が鵺《ぬえ》を守った。それがますます不気味だと他のあやかしたちは騒ぎ立てる。

生まれてから百年ほど経ち、鵺《ぬえ》は青年の姿になった。その頃にはもう、世界に自分を受け入れてくれる場所はないのだと分かり切っていた。

けれど、それでも――鵺《ぬえ》は、居場所が欲しかった。

鵺《ぬえ》にとって致命的だったのは、その性格があまりにも繊細だったことだ。ひととの触れ合いを好み、ひとの役に立ちたいと願う鵺《ぬえ》は、一生懸命春龍街《しゅんりゅうがい》の生き物に貢献しようとした。

人間社会と春龍街《しゅんりゅうがい》を比較的自由に移動できた鵺《ぬえ》は、その性質を利用して、美術商を始めることにした。人間社会のものを求めるあやかしたちに重宝され、春龍街《しゅんりゅうがい》の一角に居を構えることを許されたが、仲間には入れてもらえなかった。

分かっている。だって鵺《ぬえ》は凶兆を連れてくる。

百年前の大洪水だって、六十年前の大火だって、二十年前の春龍街《しゅんりゅうがい》の軌道ずれだって、全部、ぜぇんぶ鵺《ぬえ》のせい。

もちろん、鵺《ぬえ》自身は何もしていない。ただ大きな災害が起こっても生き延びてしまえるから、凶兆を連れてきた、呼び寄せたと言われる。

誰も鵺《ぬえ》の話を聞いてくれなかったけれど、鵺《ぬえ》はそれでいいと思っていた。だってそれが自分への正しい評価だし、生きることを許されているだけでありがたいと思わなければ。

だから、多くを望んではいけない。

たとえ寂しくても、寂しいなんて口にしてはいけない。

たとえ辛くても、怒りを抱えても、それを露《あら》わにしてはならない。

そうした瞬間、鵺《ぬえ》は他のあやかしたちにとって決定的に邪魔で厄介な存在になり、春龍街《しゅんりゅうがい》を追い出されるだろう。

一人は、嫌だった。

交わることがなくても、嫌われていても、ひとの側にいたかった。

だから我慢する。

欲しいものや好きなものをぐっとこらえて、代わりにガラクタのようなものをたくさんため込み、寂しくないふりをする。

けれどそれも辛くなってきて、海鳴りのような寂しさに耐えかねていた、そんな時だった。

——ちづるを見つけたのは。

美しい麒麟眼《きりんがん》の持ち主にふさわしい美貌は疲れのせいでくすんでいて、拭いきれない孤独が影のようにまとわりついていた。

その孤独がいたわしくて、ついつい春龍街《しゅんりゅうがい》に連れてきてしまった。

共に暮らすうちに、自分と同じ種類の孤独を抱えていることが分かって、愛おしいと思うようになった。

同時に、愛おしいからこそ、遠ざけなければならないとも思った。

春龍街《しゅんりゅうがい》に住もうかと考えている、とちづるが言い出した時、本当はすごく嬉しかった。けれど鵺《ぬえ》の悲しい性《さが》で、嬉しさと共に言いようのない恐怖が込み上げてくる。自分と共にいることで、ちづるを不幸な目にあわせたら、自分は悔やんでも悔やみきれない。

ちづるには、自分とは関係のない場所で、笑って、幸せに過ごしていてほしい。

白露はのそりと立ち上がった。

そして、ぼうっと月を見上げる。眩《まぶ》しくて綺麗な彼の月。

ちづるもあんな風に、自分から遠く離れた空の上で、金色に輝いていてほしい。自分はそれを見上げているだけで、十分幸せだから。

第四章　月下美人

昨日はよく眠れなかった。

居間のソファの上で横になったものの、もしかしたら白露がひょっこり帰ってくるんじゃないか、なんて期待をして、ちょっとした物音が聞こえるたびに飛び起きてしまう。何度も肩透かしをくらってうんざりしてもなお、彼が帰ってくる期待を捨て去ることができなかった。

しかも今日は、朝から雨だ。ベランダの庇《ひさし》を出しっぱなしにしていたおかげで、テラスチェアに置いたクッションがびしょ濡れにならずに済んだ。

もそもそと起きて寝具を片付け、顔を洗って着替える。

冷蔵庫を覗くけれど、何か食べたい気分でもない。ふと、白露お気に入りの苺ソースがけ杏仁豆腐が、もう少しで賞味期限が切れそうなことに気づく。

「……早く帰ってこないと、これ食べちゃうんだからね」

といっても、食べたところで白露は怒らないだろう。彼の好物を食べてしまった時よりも、和風チャーハンにこっそりたくあんを混ぜた時の方が怒っていたっけな。白露は漬物全般が苦手だから。

そんなとりとめのないことを考えながら、結局コーヒーと冷凍のブルーベリーベーグルで朝食を済ませることにした。

「春龍街《しゅんりゅうがい》に来てから初めてかも。朝ご飯、一人で食べるの」

人間社会にいた時は、一人で食べるのが当たり前だったのに。

いつの間にか白露の気配に慣れてしまっていた。

「なるほど、あの白露とかいう鵺《ぬえ》は、存外お前を大事にしていたようだな」

「うわっ⁉」

窓際から声がして文字通り飛び上がる。

テラスの椅子にどんととまっていたのは、一抱えもある巨大な白いフクロウ。酒呑童子だった。

雨の中を飛んできたのだろう、白い羽毛にはじかれた雨水は、大小様々な水の粒となって彼の体を包んでいる。

「すまないが、ベーグルはまだ残っているか？　腹が減ってかなわん」

「あるけど……そこで待ってて」

大きな濡れたフクロウを家に上げるのはためらわれ、私は酒呑童子をテラス席で待たせたまま、ベーグルを解凍した。

熱々のベーグルを皿に置いて差し出すと、

「ありがとう。冷めてから食べる」と、猫舌らしい酒呑童子の台詞《せりふ》がなんだかおかしかった。

明るい場所で見る彼は、不思議な印象だった。

大きくて明らかに異形《いぎょう》なのに、悪い感じがしないのだ。私を害してやろうとか、騙《だま》してやろうとか、そういう意図を感じない。

麒麟眼《きりんがん》が通じないにもかかわらず、だ。どういうことだろう。

酒呑童子は適度に冷めたベーグルを、器用に嘴《くちばし》でついばんで食べ始めた。

「ん、このベーグルはなかなか」

「チーズが練り込んであるの、美味《おい》しいよね」

「ああ、この身になって久しぶりに温かいものを食べたな」

「この身になって？　ってことは、酒呑童子は元々フクロウじゃなかったの？」

「当たり前だ！　俺は酒呑童子だぞ。元はでかくて怖い大鬼だ」

そう言ってからふと思いついたように尋ねる。

「俺のことについて、誰か他のあやかしに喋《しゃべ》ったか？」

「ううん。そんな暇ないよ」

「そうか。ならいい」

「……怪しいな。あんた、何がしたいの」

「昨日言っただろう。茨木童子と鵺《ぬえ》の行方《ゆくえ》を突き止め、春龍街《しゅんりゅうがい》の安全を取り戻すことだ。――そのためには、地図がいる」

地図？

おうむ返しに問う私に、酒呑童子はこっくりと真面目に頷く。

「茨木童子の居場所を指し示す地図だ」

「それってどこにあるの？」

「地図は地図屋にあるに決まってるだろう」

呆《あき》れた声で言われても、地図屋がなんなのか分からない。

「そういえば、白露が人間社会からこっちに戻ってくる時、銀色のカードみたいな地図を持ってたけど……。ああいうものが売られてるお店が地図屋なの？」

「ああ。辿《たど》り着けるかどうかは運次第になるが」

聞き捨てならないことを言ってから、酒呑童子はベーグルの最後のかけらを嘴《くちばし》に放り込んだ。

「何しろ地図屋は、求める者から身を隠す習性があるからな」

雨に濡れそぼった春龍街《しゅんりゅうがい》は、あやかしの気配も少ない。

どこか嬉しそうに飛び跳ねてゆくカエルの精霊、火が消えぬよう細心の注意を払って歩く青提灯《あおちょうちん》。

彼らを尻目に、私と酒呑童子は春龍街《しゅんりゅうがい》の繁華街へ向かう。

「求める者の前に姿を現すとかじゃなくて、求める者から身を隠すなんて。なんだか焼き芋屋さんみたいだね、地図屋って」

「は？　焼き芋屋？」

「あの、や〜きいも〜って声を聞いて外に出るんだけど、肝心の焼き芋屋さんは全然見つからない……っていう時ない？」

「ない」

思い切り怪訝《けげん》そうな顔をされる。

こういう時白露だったら『またちづるは食い意地の張ったことを……』と呆《あき》れつつ、同意したり、けなしたり、冗談を言ってきたりするのだが。

酒呑童子とはテンポが合わない。まあ、しょうがないか。

「でも地図屋に、求める者から身を隠す性質があるんなら、こんな風に探してたら永遠に見つからないんじゃない？」

「身を隠すと言っているだけで、見つからないとは言っていない。隠れた奴は引きずり出してやらねばな」

そう言って酒呑童子は、偉そうに私を見下ろした。

「さあ、麒麟眼《きりんがん》を使え」

「は？」

「は？　じゃない、麒麟眼《きりんがん》はこういう時のためにあるんだろうが」

「探すのはできないよ。目の前に対象がある状態じゃないと」

「なんだと？　俺はもっと上手く使え……ゴホン」

「今あんた、なんて言った？　俺はもっと上手く使える？　言っておくけど私は、」

「すまん。忘れろ。フクロウの姿になるとどうも嘴《くちばし》が滑る」

酒呑童子は気まずそうに言った。

「途中までは俺が案内しよう。俺は麒麟眼《きりんがん》こそ持っていないが、麒麟眼《きりんがん》に近い……千里眼のようなものを持っているから」

「じゃあ最初から使いなさいよ」

酒呑童子はもごもごと嘴《くちばし》の中で何か言ってから、諦めたように首を振った。

それから私たちは歩く、ひたすらに春龍街《しゅんりゅうがい》を。

雨は小雨《こさめ》になってきて、徐々に表に顔を出してきたあやかしの中には、顔見知りのものも何人かいた。

行きつけの居酒屋のシェフ、佐那の妹の妖狐、近所の人間とあやかしのカップル。

「あれ、今日は白露さんと一緒じゃないんですか」

「あの鵺《ぬえ》のお兄ちゃんは？」

「喧嘩でもしたの～？　まあ、どうせ向こうが悪いんだろうけど！」

皆一様に、白露の不在を気にかけてくれた。

いつの間にか、私の隣には白露、という構図ができあがっていたらしい。そのことに酒呑童子は驚いていた。

「お前と白露はずいぶん一緒に行動していたんだな。まあ、春龍街《しゅんりゅうがい》をお前一人で歩かせるのは不用心だからな。その点については あの鵺《ぬえ》を評価してやらんこともない」

「なんでそんなに上から目線なの」

「そりゃあ、俺はお前のち……」

「ち？」

「なんでもない。お前の、麒麟眼《きりんがん》が何よりも大事だからな」

……怪しい。この酒呑童子、さっきからすごく怪しい。

けれど悪いものでないことだけは確かなので、なんとも扱いづらい。

「実際麒麟眼《きりんがん》というのは、争奪戦になる時がある。用心するに越したことはない」

「まあ、貴重な能力だもんね。二十年前、春龍街《しゅんりゅうがい》が危機に陥《おちい》った時も、麒麟眼《きりんがん》が助けたんでしょ？」

「そうだな。春龍街《しゅんりゅうがい》の軌道を戻したんだ。危機一髪のところだった……らしい」

「それって私のお父さんなんだけどさ、すごいよね。麒麟眼《きりんがん》をまっとうに使ってるって感じ」

「父親が麒麟眼《きりんがん》の使い手だったのか」

「そう。でも私にはその使い方も何も全く教えずに麒麟眼《きりんがん》を押し付けた、最悪のお父さんだけど」

「そ、そうか」

「おかげで大変だったんだよ！　周りには全然なじめなかったし、学校でも色々あったし、社会人になってからもストレスが絶えないし！」

そうか……となぜか酒呑童子がしょんぼりしている。

フクロウに愚痴をぶちまけるのも大人げない。それに、私だっていつまでも麒麟眼《きりんがん》を持て余しているわけではないのだ。

「でも、春龍街《しゅんりゅうがい》に来てから、少しだけ使い方が分かるようになった。思ってたよりずっとすごい力だっていうのも分かったけど、あんまり気負わなくてもいいんだって思うようになった」

「……そうだな。あやかしの中には、人間が畏怖《いふ》するほどの力を持つ者もいる。けれど彼らはえてして普通の、他愛のない生活を送っていたりする」

「うん。相手の本音が見えるって、結構しんどいけど……春龍街《しゅんりゅうがい》なら、人間社会ほど酷くないし。それに、一人で背負い込む必要なんてないんだしね」

未央さんに教えてもらったことを思い出しながら、言葉を継ぐ。

「だから白露も、鵺《ぬえ》であることを、一人で抱え込まなくてもいいと思うんだ」

「しかし凶兆だ」

「でも、あのひとが災いを引き起こしているわけじゃない」

ぴしゃりと言ってやれば、酒呑童子はううむと唸《うな》って黙った。

「だがな、ちづる。今起こっている事態は……白露そのものが、この春龍街《しゅんりゅうがい》にとって悪いものになってしまう可能性を孕《はら》んでいる」

「どういうこと？」

「鵺《ぬえ》はあやかしの中でも特に強い。俺もそこそこ強いが、鵺《ぬえ》と正面からやり合って勝てるかと言われれば、難しいだろう。そんな奴が理性を失い、ためらいなく力を振るうようになったら、春龍街《しゅんりゅうがい》の連中は総出で鵺《ぬえ》を殺しにかかるだろう」

私はふと、大黒天の冷たい眼差しを思い出す。彼の言う上層部が何かは知らないが、理性を失った白露に対して、手加減するとは思えない。

「さしもの鵺《ぬえ》も、あやかしに総出で襲い掛かられては、死を免《まぬが》れぬ」

思い出すのは、昔教育番組で見た、スズメバチの話。最強のスズメバチではあるが、小さなミツバチたちの群れにたかられて死ぬこともあるという。

「な、なあにそう暗い顔をするでない。それを防ぐための俺たちだろう？」

「……うん」

私は必ず茨木童子の場所を突き止めると心に誓う。

白露に死んでほしくないというのも、もちろんあるけれど。

——あやかしたちに殺されるなんて悲しい末路は、優しい彼にふさわしくない。

しばらく歩いているうちに、アーケード街に差し掛かった。ここは初めて来る場所だ。心なしか、恐ろしい面構《つらがま》えのあやかしや、目がいくつもある人型の精霊など、見慣れないあやかしが多い。

「俺の千里眼はここまでだ。この近くに地図屋があるのは確かだが、どこにあるかまでは分からん」

「はいはい、選手交代ね」

といっても、地図屋がどこにあるか、ぱっと判断することはできない。私の目に映っているのは、少しさび付いた煙草《たばこ》屋の看板と『夢売ります』という手書きのチラシくらいだ。

夢さえも売買されるんだから、そりゃあ特定の人の所へ行く地図だって売っているよね。

そう言ったら、白露はなんて答えるだろう。今、隣に彼がいないことが寂しい。

私のことを好きだと言ったくせに、その先へ進もうとしなかった、臆病なあやかし。

白露のことを考えるたびに、切ないような、悲しいような、色々な感情で胸がいっぱいになった。

一陣の風が吹き抜け、私の視線を右手の小道に誘う。風が色と温度をまとって、雨模様の暗い路地を、ぱっと明るくした。

私は導かれるようにその道を選ぶ。

細い路地を、ネズミがさっと横切ってゆく。上から差し込む光が時々遮《さえぎ》られるので、空を飛びながら酒呑童子がちゃんとついてきているのが分かった。

なんだか不思議な感じだ。こんなに迷いなく歩いたのは、久しぶりかもしれない。

麒麟《きりんがん》眼を使っている自覚はない。けれど、今進んでいる道が『正しい』ことだけは確信できた。

「そうだ。それが麒麟《きりんがん》眼の神髄、真なる使い方。――真実はひとの内に見つけるものではなく、ひとの外に見いだすもの」

「そうかな。ひとの中にも真実はあるよ」

酒呑童子は一瞬黙り、それからため息のような声で言った。

「そう言えるのならば、よかった」

「……」

それから二十分くらい細い道を歩き続けた。道の幅が広くなり、民家と思しきものが見え始め、通行人とすれ違うようになった頃、その店を見つける。

「あ……！　あの店、地図屋って書いてある！」

雑貨屋と釣具屋に挟まれるようにして、チョコレートブラウニーみたいな店があった。看板には大きく地図屋と刻まれている。

喜び勇んでその店に入ると、まず目に飛び込んできたのは、壁を埋め尽くすほどの膨大な引き出しだった。

「うわ……！」

一つ一つの引き出しが、着物をしまう箪笥《たんす》みたいに横長で、本屋の地図売り場に似ていた。きっとあの中に、ものすごい数の地図が収められているのだろう。

広くはない店内のほとんどを棚が占めているので、なかなか身動きがとりづらい。

私と酒呑童子は苦労して、店の奥に辿《たど》り着いた。

カウンターがあり、その奥にも大小様々な引き出しがあった。あとは耳かきとか文房具とか、コースターとか読みかけの雑誌とかが、乱雑に転がっている。

「すみません」

奥に声をかけると、ぱたぱたと音がして、眼鏡をかけた少女が現れた。

あやかしに人間の年齢を当てはめるのは簡単なことではないが、見た目は十歳くらいに見える。少女は黒髪のおかっぱに、落ち着いた緑色のワンピースを着ていた。

「あの、ここは地図屋さんですか？　探してもらいたい地図があるんです」

「……おどろいた。麒麟眼《きりんがん》」

「あ、はい。麒麟眼《きりんがん》です」

「さがしてもらいたい地図、だれの」

いとけない口ぶりは、けれど淡々としている。

「茨木童子へ向かう地図を」

「いばらき……」

少女は首を傾げながら、私の後ろを手招くような仕草をした。

すると背後の引き出しが、ぱぱぱっと続けざまに五つ開いた。中から一反木綿《いったんもめん》のようにひらひらと飛んできたのは五枚の紙きれで、けれどそこには何も書かれていない。

だが少女には分かるらしく、彼女はそれを一瞥《いちべつ》して首を振ると、また別の引き出しを開けて同じことをした。

「す、すごい……」

「彼女は――マーヤは地図屋だからな。っと」

後ろから飛んできた紙を器用に避けつつ、酒呑童子はカウンターに飛び乗った。

「はばたかないで。紙がとぶ」

「はいはい」

「あいかわらずアポなし。よやくせいってことば、しってる？」

驚いたことに、マーヤは酒呑童子に厳しかった。というか二人は知り合いっぽい？

「予約制ったって、お前が気に入らない相手は入れないんだから、あんまり意味ないだろ」

「じょうしきあるお客様だけをあいてにしたい。マーヤのおとめごころ」

「俺に常識がないってか？」

「ないだろ」

きっぱり言われていてちょっと笑ってしまう。常識、確かになさそうだ。

マーヤは何十枚もの地図を引っ張り出していたが、なかなかお目当てのものが見つからないらしく、イライラとおかっぱ頭を振っている。

「むずかしい。いばらき力つよい」

「そこをおしてお前に頼んでんだろうが」

「それがひとにものをたのむたいどか」

「あ、あの、酒呑童子が生意気で申し訳ありません……！」

機嫌を損ねて、地図を探してもらえなかったら大変だ。不躾《ぶしつけ》な酒呑童子の代わりに頭を下げると、マーヤは私には見向きもせず、自分の身の丈ほどもある真っ白なフクロウを、じいっと見つめる。

「……なんだよ」

「なんでもない。しゅらばの予感」

「相手が茨木童子だからな」

「あのこは……銀貨《ぎんか》は、まっすぐ。あぶないくらい」

茨木童子は銀貨という名前なのか。このマーヤというひとは、酒呑童子や茨木童子の過去を知っているのかも。

聞いたら答えてくれるだろうか。期待を込めた私の眼差しを、マーヤは軽く受け流し、今度は後ろの引き出しを自分の手で開け始めた。

「あのこのしっぽをつかむには、もっと強いちからがいる」

「おう、じゃんじゃんやってくれ」

「だからそれがひとにものをたのむたいどか」

マーヤが地図をがさごそやっている間に、私は酒呑童子にこっそり尋ねる。

「知り合いなの？」

「ああ。マーヤは西洋のグノームと座敷童《ざしきわらし》が混合した存在でな。頭が切れるから、よく茨木童子と一緒に議論したもんだ。あいにく俺は議論の方はさっぱりだったが、あいつらの会話を聞くのは楽しかった」

懐《なつ》かしそうな声音は、どこかもの悲しさを含んでいて、その時間は二度と戻ってこないのだと伝わってくる。

「銀貨をゆるすの？」

マーヤは地図を探しながら言う。その声は微かに緊張しているようだった。

「許すに決まってんだろ」

酒呑童子はマーヤの緊張を知ってか知らずか、気楽に答える。マーヤの後ろ姿からふっと強張《こわば》りがとけた。

「なら、いい」

「……ねえあんた、前茨木童子と何があったのよ」

「別に。ただちょっと殺されかけただけだ」

「殺されかけた⁉」

穏やかな話じゃない。驚く私を見て、酒呑童子は迷惑そうな顔をした。

「そう騒ぐな。大した話じゃない、実際俺はこうして生きてるわけだしな」

「でもひんしだった。おまえのかぞくにもそのことを告げられなかった」

「それは――そうだな。あれは俺の失敗だった」

「それでもゆるすか。さすがだな、酒呑童子」

「嫌味か、おい」

マーヤはくつくつと笑い、後ろの引き出しからぞろりと一枚の白紙を取り出した。

「らちがあかん。そこの、麒麟眼《きりんがん》のむすめ」

「はいっ」

「おまえも茨木童子をさがしているのか」

「いえ、私はその茨木童子？　とかいうひとの側にいる、鵺《ぬえ》を探したくて」

「鵺《ぬえ》」

マーヤは首を傾げる。

「鵺《ぬえ》はおまえにとってたいせつなものか？」

「もちろん！」

「そうか。ならばおまえが地図をえがけ」

言うなりマーヤは私の手を取り、白い紙の上にのせた。

直後、青い線が手のひらから迸《ほとばし》る。火花みたいに紙の上をはねて、飛び回って、落ち着きがない。けれどそれもわずかのこと。すぐに勢いを取り戻した線は、いきいきと何かを描画し始める。

「おお。さすがだな。鵺《ぬえ》をよほどたいせつにおもっているのだな」

「はい。大切なひとですから。絶対に取り戻します！」

「言いきった。えらい。酒呑童子とはおおちがい」

「やかましい」

マーヤは地図に何か術をかけると、さっと取り上げて、ポラロイド写真を乾かす時みたいに、ばさばさと振った。

みるみるうちに、私の手から迸《ほとばし》った青い線が黒く紙に定着し、シュークリームの皮を焼いた時のように、ぶわりと膨れ上がる。立体的な地図だ。

黒い線はなだらかな山のように広がり、連《つら》なり、交わったかと思えばまた逸れていった。固唾《かたず》を呑んで見守る私を、マーヤがじっと見つめている。

「追うな。呼べ」

「えっ？」

「鵺《ぬえ》の方にはんのうさせろ。呼べ。おまえが呼べ」

「でも……白露が応じてくれるかどうか」

「鵺《ぬえ》がみつけられたくないと思えば、はねのけられるだろう。けれどここは賭けにでるしかない。おんなにはそういう時がある」

静かな瞳が私の覚悟を試すように見つめてくる。

上等だ。いくら白露が見つけられたくないと思っていたとしても、私が彼を見つけ出して——引っ張りだしてやろうじゃあないの。

私は紙の上に再度意識を集中させる。白露を呼ぶ、いや、白露を見つけようと、麒《き》麟眼《りんがん》をこらす。

脳裏に浮かぶのは、月に焦がれる彼の横顔、ばけものじみた姿になってゆくその体。けれど同時に、私の手を握ってくれたり、他のあやかしへの助力を惜しまなかったり、そういう優しい心を持った彼を思い出す。

自分は幸福になってはいけないと思い込んで、頑《かたく》なに鵺《ぬえ》であるという呪縛に縛られにいく、いたましくて哀れで、愛おしいほど優しいあやかし。

「はくろ」

名を呟けば目の前にあの毛むくじゃらの姿が浮かび上がってくる。私の麒麟眼《きりんがん》は、大きな体を丸め、ただ空を見上げている白露の姿を捉《とら》える。

もう一度彼の名を呟こうとしたところで、ぴしゃりと麒麟眼《きりんがん》をはねのけられた。まるでビデオ通話の回線をいきなり切断された時のような唐突さには、疑うまでもなく誰かの悪意をはっきり感じた。

「茨木童子……！」

麒麟眼《きりんがん》をもはねのける力を持つ、酒呑童子とマーヤの旧友。

けれどそんなの知ったことか。どういうわけかこの茨木童子とやらは、白露を隠し通したいみたいだが、そうは問屋《とんや》が卸《おろ》さない。

ばちっと何かが破れるような感覚と共に、再び私の麒麟眼《きりんがん》が白露を捉《とら》える。

一気に情報が入ってきて、私は胸に温かいものが灯るのを感じた。白露は、私に探されることを拒《こば》んでいない。

「……おお」

マーヤが感嘆の声を上げた。

白紙だった地図の上には、複雑な地形と、それに合わせて簡素な地名がぽつぽつと記されてゆく。あぶり出しのようだ、と思った。

「いちどていこうされたのに。あの銀貨を、ねじふせるか、娘よ」

「ふん。麒麟眼《きりんがん》だぞ、当然だろう」

「なぜおまえがえばる、酒呑童子。そのしかくはおまえにない」

断定されて酒呑童子が口ごもる。むすっとする彼をよそに、マーヤは地図をくるくると手際よくまるめて、テープでとめてくれた。

「あの、お代は後で支払ってもいいですか？　お財布持ってるの白露なので」

「では鵺《ぬえ》がもどってこなかったら、お代ははらえない」

「必ず連れ戻します。大丈夫です」

「……にたものどうし。酒呑童子もこんきょなくだいじょうぶと言う」

マーヤはそう言ってため息をつくと、もう用事は終わったとばかりに、紙の片付けをし始めた。私は酒呑童子と共に開いた地図を覗き込む。

「ねえ、ここに書かれている地名、ちっとも分からないんだけど。背骨……山？　春《しゅん》龍街《りゅうがい》に山なんてあるの？」

「あるともよ。文字通り、龍の背骨の部分だ」

気が遠くなるほど遠い昔、巨大な龍がくしゃみをした拍子にできた山、という言い伝えがあるそうだ。そう説明してくれた後、酒呑童子は渋い顔をした。自分がフクロウの表情を読み取れるようになるとは思わなかった。

「ただ、山を登るためには、山羊《やぎ》どもの力を借りねばならん」

「山羊《やぎ》？　そういうあやかしがいるの？」

「というより、ありゃあ精霊の類《たぐい》だな。気に入らん奴は容赦なく蹴り飛ばされる」

「上等よ」

白露を連れていった茨木童子とやらの顔を拝めるのなら、山羊《やぎ》に蹴り飛ばされるくらいどうということはない。

よっぽど好戦的な顔をしていたのだろう。私の顔を見た酒呑童子が、「……俺はこまで喧嘩っ早くないよな？」と、マーヤに尋ねるのだった。

＊

酒呑童子は私に暖かくして行けと言った。

私は白露の箪笥《たんす》を漁り、白いファー付きのコートと、雪用のブーツを身に着ける。

探したけどリュックはなかったので、ショルダーバッグに食べ物と飲み物、それからマーヤのところでもらった地図を詰め込む。

雪国の子どものお使いのような格好になってしまったが、仕方がない。

いつの間にかベランダにとまっていた酒呑童子が、声をかけてきた。

「準備はいいな？　まずは路面電車で郊外へ向かい、そこから山羊《やぎ》どもに話をつける。

山羊《やぎ》飼いに上手く会えればいいが」

「待って、その山羊《やぎ》飼いってのに会えないと、山羊《やぎ》には乗れないのよね？」

「まあいなくても無理やり乗ることはできるだろうが。十中八九蹴り飛ばされて終わりだな。山羊《やぎ》飼いに会えることを祈れ」

祈れ、とはなかなか無責任な物言いだ。そう思っても、他にどうしようもないので、私は一人で路面電車に乗った。酒呑童子は空から電車を追いかけるそうだ。

乗り合わせたあやかしたちから、ちらちらと好奇の視線が向けられるのを感じる。白露と一緒にいた時は、さりげなく彼が守ってくれていたのだろう。白露の不在を感じると共に、改めて強く思った。私は彼と一緒にいたい。

あっちは、そう思っていないかもしれなくても。

路面電車に揺られること二時間。終着駅に辿《たど》り着く。

この駅で、犬神族の小春と待ち合わせたんだっけ。

そう思いながら駅に着いた私たちが、山羊《やぎ》飼いを探して歩き始めた時だった。

「おや、ちづるどのではありませんか！」

「小春さん！」

犬神族の族長である小春が、ぶんぶんと手と尻尾《しっぽ》を振りながらこちらに近づいてくる。後ろに二人の従者を従えているところを見ると、本当に族長になったのだなと感慨深い。

「やあ、お久しぶりでございまする！　白露どのはご一緒ではないのですか？」

「その白露を探しに行くとこ」

「むむ？」

私は手短に事情を話した。獣と化した白露を追って、今から背骨山に登ること。そのために、山羊《やぎ》飼いを探していること。

神妙な顔で私の言葉を聞いていた小春だったが、山羊《やぎ》飼いの話になると困ったように首を傾げた。

「あいにくですが、山羊《やぎ》飼いどもは出払っているかと」

「で、出払ってる？　どうして？」

「そもそも真面目に仕事をすることのない連中ですが、この時期になると先祖と酒を酌《く》み交わす祝祭があるらしいのですよ。祝祭には彼らの財産である山羊《やぎ》を連れていきますから、恐らく背骨山に登る手段はありませぬ」

「そんな……」

ここまで来てどうしよう。いったん引き返して、山を登る別の手段を探すとか？　側の木にとまっていた酒呑童子を見上げると、彼はゆるゆると首を横に振った。どういう意味だろう、山を登る手段は山羊《やぎ》以外にない、ということか。

「ご安心めされよ、ちづるどの。――この小春めが、あなたを背負って背骨山を登って差し上げます」

「えっ？　小春さんが山を登るの？」

「なあに、鍛錬で登ることもある山ですから、さしたる労苦でもありませぬ。何より私にとってご恩のある方が困っていらっしゃるのだ。ここで一肌脱がねば、亡くなった先代にどやされまする」

そう言って快活に笑った小春は、後ろの従者たちに短く告げる。

「今日の予定は全て延期してくれ。私はこの方と共に背骨山に向かう」

「承知致しました。ですが我らのいずれか一人を共につけてくださいますよう。背骨山は急峻《きゅうしゅん》な山ですゆえ」

「そうだな。では柊木《ひいらぎ》は私と共に参れ」

小春は残る方の従者に、慣れた様子でいくつか指示を出すと、私に向き直った。にっかりと懐《なつ》っこい笑みを見せる。

「では参りましょう、ちづるどの。私にご恩を返させてください」

背骨山は、私の知っている山と少し違った。

裾野《すその》というものがないのだ。いきなり目の前に岸壁が現れて、肝を冷やしている間に、酒呑童子と小春はさっさと登る態勢に入っている。

「ここをまっすぐ登っていったら、地図の示す場所――白露どのがいらっしゃるところに着くのですね」

「地図ではそうなってる」

小春に背負われた私は、さらに紐《ひも》できつく体を固定された。

「お、重くない？」

「羽のように軽いですよ。物の数にも入りませぬ」

「でも、こんなに急な山って……⁉」

「急峻《きゅうしゅん》なだけではありませぬ。岸壁には巨大な鷲《わし》が巣を作っておりますし、洞窟には春龍街《しゅんりゅうがい》に住まうことのできない、気性の荒いあやかしが息を潜《ひそ》めております」

側の木にとまっていた酒呑童子が、ため息交じりにぼやく。

「山羊《やぎ》がいれば、そいつらの顎《あご》を片っ端から砕いてくれるんだがな。山羊《やぎ》飼いもろとも不在じゃどうしようもない」

「おや、そちらのフクロウどのは、犬神族では不服と仰《おっしゃ》る?」

「滅相もない。犬神族ほど心強い共連れはいないだろう。先代の族長には、俺も幾度か助けられた」

「先代をご存じか。ふむ、ただのフクロウのあやかしではないようだが」

小春は怪訝《けげん》そうに鼻をひくつかせていたが、ややあって背骨山の岸壁に向き直った。

「――ちづるどのに危害を加えぬならばいい。さあ、行きましょう」

小春は力強く岸壁を登っていった。数十分登り続けても、疲れというものをまるで感じさせない機敏な動きだ。柊木という彼女の従者は、既に息が上がっているのに。

私はと言えば、大人しく小春に背負われて、じっと岸壁を睨《にら》みつけている。登り始めてすぐの頃、何気なく下を見てしまい、あまりの高さにお尻がひゅっとなったからだ。

「それにしても、どうして地図屋に行ってまで、白露どのを取り戻そうとなさるんですか?」

「鵺《ぬえ》を庇《かば》うのはやっぱり、いけないことかな」

「世間的には歓迎されますまい。凶兆のしるしである鵺《ぬえ》は、不在の方がいい、というのが市井《しせい》のあやかしの考えでしょう」

「……ってことは、小春さんはそう思ってないってこと？」

「私は犬神族を率いる者ですゆえ。個人的には、鵺《ぬえ》が不在になっているよりは、今までのように美術商を営まれている方がいいと思っております」

「それはどうして？」

「強大な力を持つあやかしが、どこかに潜《ひそ》んでいて生死も分からぬ状態でいるよりは、目の届く場所にいてくれた方がまだ不確定要素が減ります。鵺《ぬえ》を追放して、忘れた頃に襲われる……などということは避けたいですからね」

私からしてみれば、白露が他のあやかしを襲うとは考えにくいが、一族を守る者としては、そういうリスクを常に頭に入れておかなければならないのだろう。

「それに、ちづるどのの存在も大きい。麒麟眼《きりんがん》の持ち主と鵺《ぬえ》が一緒にいれば、少なくとも鵺《ぬえ》の暴走は防げるでしょう。白露どのがそう簡単に暴走するとは思えませぬが、あやかしである以上、理性ではどうにもできないことが起こり得る。今回のように」

「分からないよ？　私が白露に惚れ込んで、彼が春龍街《しゅんりゅうがい》を襲うのを助けることだって、ないとは言い切れない」

「ふふっ。情熱的なことだ。ですがまあ、ちづるどのはそのように、捨《す》て鉢《ばち》で乱暴なことはなさらないでしょう」

やけに確信を持った小春の口調は、佐那の言葉を思い出させる。

『力は正しく使うべき、なんてお行儀が良すぎるわ。あなたの力は、あなたが思うように使えばいいの』

「……どうして皆、私でさえ信じられない私を信じてくれるんだろう。私が道を踏み外すことはないって、はっきり言いきれるんだろう」

「ちづるどのは、最初に先代族長の棺を見た時、こう仰《おっしゃ》いました。『どっちも、本物じゃない』。先代族長が最後に眠りたいと思った棺ではない、と。それは誠実な言葉でした。あなたは先代族長がほんとうに望んだことを探そうとしてくれた」

小春が崖を登る手を止める。

「ほんとうを追い求めるのは、とても難しい。そこへ至る道のりは辛く、やっと手にしたほんとうが常に善《よ》いものとは限らない。真実は、時に直視できぬほど醜《みにく》いこともある。ほんとうは、ほんとうであるからこそ、鋭利な刃のように人を傷つける」

「……」

真実を見抜く麒麟眼《きりんがん》。数多《あまた》の本音、醜《みにく》い内心――慎《つつし》みによって覆い隠されたそれが、闇に潜《ひそ》む獣のように牙を剥《む》く。

けれど、いつも噛みつかれるわけではない。ほんとうの中にはきっと、美しいものもある。

例えば、後継者争いから降りた猫又の潔《いさぎよ》さ。

犬神族の族長と、人間の女性との間に育まれた友情。

「けれどあなたは決して真実に怯《ひる》まない。真実が突き付ける醜《みにく》さを知ってなお、麒麟《きりん》眼《がん》がもたらす現実に立ち向かっている。――ほんとうに耐えうる精神力、とでも言いましょうか。それだけで信頼に値すると私は思うのです」

しみじみ呟いた小春は、岸壁の登攀《とうはん》を再開する。

「……ありがとう、小春さん。私、絶対に白露を取り戻すよ」

「その意気です、ちづるどの」

獣と化した鵺《ぬえ》。

それはそんなに酷いのだろうか。

ああ、自問するまでもない。あの時、一瞬だけ見えた獣になった白露は――恐ろしかった。人の域を超え、きっとあやかしの領域さえ踏み外して、ただの悪《あ》しきものへと変じていた。

そんな状態の白露を、元通りにすることはできるのだろうか。

――できる、と信じている。麒麟眼《きりんがん》があれば。真実を見抜く力があれば、きっと。

そうでなければ、この目を持った意味がない。この目に苦しめられ続けた甲斐《かい》がない。麒麟眼《きりんがん》があって良かった、捨てたもんじゃないね、と笑って言うためにも、私は白露を取り戻すのだ。

背骨山の岸壁を登ること小一時間、さすがの小春も息を切らし始めたところで、黙って飛んでいた酒呑童子が口を開いた。

「結界だ」

「えっ？」

顔を上げると、半透明の膜が岸壁の上から垂《た》れ下がっているのが見えた。

「ああ、相変わらず緻密《ちみつ》な結界を作る。ちづる、結界の継ぎ目が見えるだろう」

「見えないよ」

「結界を何枚かの布を継ぎはぎして作ったものだと考えるんだ。『結界には継ぎ目がある』そう思って見ろ」

偉そうに言われて、渋々言われた通りにする。

すると——見えた。半透明の膜に、うっすらと継ぎ目が見える。まるでここから破ってくださいと言わんばかりだ。

「広範囲の結界はどうしてもこうなる。覚えておけ」

「何よ、偉そうに」

「麒麟眼《きりんがん》を持つ者に期待されることは、常人では見抜けない穴や隙を見破ることだ。それには少しコツがいる」

そう言って酒呑童子は翼を大きく広げると、結界の継ぎ目に向けて、何度か強く羽ばたいた。すると翼の先から真空刃《しんくうは》のようなものが発生し、結界にほころびを作った。

「結界があるということは、茨木童子もこの近くにいるということだ。進むぞ」

私たちはほころびから半透明の膜の中に滑り込んだ。

ほどなくして、平坦な場所に出る。まだ山頂というわけではないようだが、先ほどのような急峻《きゅうしゅん》な崖ではなく、私でも登れそうな岩場の坂道が続いていた。

私たちはいったん、平坦な場所で一息つくことにする。

「小春さん、ここまで連れてきてくれてありがとう。ここから先は私の足でも登れる気がする」

「承知しました。ご武運をお祈り申し上げる！」

下を見たら眩暈《めまい》がしそうなので、私は羽繕《はづくろ》いをしているフクロウを見ながら尋ねた。

「ねえ酒呑童子、もうすぐ着くかな」

すると酒呑童子はぎょっとした様子になりながらも答えた。

「あ、ああ。もう四半刻もすれば着くと思う」

なぜかどぎまぎしている酒呑童子は、私とフクロウを交互に見る小春の方を気にしていた。

小春は驚いたように目を見開いている。

「ちづるどの。私の聞き間違いでなければ、今、酒呑童子と仰《おっしゃ》いましたか？」

「うん。言ったけど」

「このフクロウは、酒呑童子どのでいらっしゃるのですか？　十八年前に亡くなった、麒麟眼《きりんがん》を持っていたと言われている」

「……え？」

十八年前に死んだ、麒麟眼《きりんがん》を持つあやかし。

それは、私の父だ。

「待って、どういうこと。十八年前に死んだ、麒麟眼《きりんがん》を持つあやかしは、私のお父さん――弦闘だよ」

「いえ、ちづるどのの前に麒麟眼《きりんがん》を有していたのは、酒呑童子どのです。春龍街《しゅんりゅうがい》で凶刃に倒れたと聞いておりまする」

そう言うと小春はさりげなく私を後ろにかばい、白いフクロウを睨《にら》みつけた。

「酒呑童子どのはとうの昔に身罷《みまか》られた。その名を騙《かた》るお前は何者だ」

「……まあ、潮時か。いずれバレるとは思っていた」

フクロウは長いため息をつき、私に視線を据えた。

「俺は酒呑童子、本人だ。弦闘は俺の幼名であり、人間社会ではそう名乗っていた」

「ってことは、あんたは」

「お前の父親ということになるな」

あっさりとした口調には、なんの感情も籠《こも》っておらず、それが私の神経を逆なでした。

――この白いフクロウが、死んだはずの私のお父さん？

私に麒麟眼《きりんがん》を押し付け、お母さんのお葬式にも来なかった、お父さん。

急激に血が沸騰したようになり、瞬《また》く間に口から怒りが迸《ほとばし》った。

「私のお父さんは死んだ！　あんたみたいなフクロウなんかじゃないし、酒呑童子でもない！」

「順を追って説明する。まず俺は、確かに十八年前、春龍街《しゅんりゅうがい》のど真ん中で刺されて死んだ。茨木童子。これから殴り込みに行く、白露をさらった張本人。

茨木童子の手によって、な」

「茨木童子が、どうしてあんたを殺したの」

「それは俺が聞きたい。俺と茨木童子は、春龍街《しゅんりゅうがい》を始めとするあやかしの世界を守る、という責務を担った仲間だった。なのに後ろからブスリだ、全く嫌んなるね」

投げやりな口調で言うと、酒呑童子は神経質に翼を畳み直した。

「俺の体は滅びてもいいが、麒麟眼《きりんがん》は別だ。真実を見抜く力は、あやかしたちの世界を守るために、なんとしてでも残しておく必要があった。だから俺は、自分の目を、側にいたお前に移した」

「……六歳の、何も分からない私に？」

「ああ。泣きながら、俺の体にすがっていたお前に」

顔が熱くなり、私は叫んでいた。

「その麒麟眼《きりんがん》で、私がどれだけ苦しんだと思ってるの⁉」

「分かっている。人間の、なんの訓練も受けていないお前にとって、麒麟眼《きりんがん》は苦しかっただろう。……だが、他に方法はなかった。俺の血を引くお前ならば、麒麟眼《きりんがん》は難なく適合すると思ったが、その通りだったな」

「ふざけないで。じゃああんたはどうして今フクロウの姿なの？　死ななかったってこと？」

「死ぬ直前──魂《たましい》が冥府《めいふ》へ下《くだ》るというところで、マーヤが俺の魂《たましい》を捕まえてくれた。もっとも、ほとんど冥府《めいふ》に持っていかれて、残っているのはフクロウに収まる程度の魂《たましい》だけだがな」

頭がごちゃごちゃだ。言いたいことは山ほどあるのに、言葉が上手く出てこない。あやかしとの間に生まれたということは、お母さんから説明されて知っていた。けれどそのあやかしというのが、酒呑童子という鬼だったなんて！

「……私に何か聞くことがあるんじゃない？」

「なんだ？」

「お母さんが……常盤瑞恵《みずえ》がどんな風に亡くなったのか、聞かなくていいわけ？」

酒呑童子は金色の目を細めた。

「あんたは一度もお母さんに会いに来なかった。お母さんが死んだ時だって、私はあんたみたいなフクロウを一度も見かけなかった。ううん、それどころかお母さんは、私のお父さんが酒呑童子ってあやかしだってことも教えてくれなかった」

「瑞恵は最後まで俺を、人型のあやかしとしか思ってなかっただろう。酒呑童子と告げられなかった、あの人には」

どこか懐《なつ》かしそうな口調。酒呑童子は言葉を続ける。

「この姿になった後、人間社会にも何度か足を運んで、お前たちの様子を盗み見た。言葉を交わすことはなかったが」

「どうして会いに来なかったの？　お母さんは寂しがってた、死んだあんたを……死ぬ間際まで、求めてた」

可憐《かれん》な人だった。しっかりしているけれど、どこか少女のようなところがあった。私の前で、お父さんの名を呼んで泣くこともあった。病気が進んで、あまり食べられなくなった時も、お父さんとの思い出がある食べ物だけは、口にした。

「俺はもう死んだ身だ。こんななりで会いに行けるわけがなかった。それに、あまり頻繁《ひんぱん》に人間社会と行き来すれば、茨木童子が俺の存在に気づいてしまうからな。……人間社会に行ったのも、お前に移した麒麟眼《きりんがん》の様子を見るためだった」

むかむかとした怒りが込み上げる。私のお母さんの悲しみは、麒麟眼《きりんがん》より優先順位が低いらしい。

「そもそも、お前も麒麟眼《きりんがん》を持ったことに気づいたなら、春龍街《しゅんりゅうがい》へ来るべきだった。そうしたら俺も麒麟眼《きりんがん》の使い方を教えてやれたかもしれないのに」

ぬけぬけと言い放つ酒呑童子にどうしようもなく腹が立って、私は被っていた帽子を脱ぐと、フクロウに投げつけた。さっと避けられたのにまたむかついて、落ちていた石を手あたり次第に投げつける。

「無神経にもほどがある！　春龍街《しゅんりゅうがい》に行こうだなんて思うわけないでしょ。お父さんが死んで、こんな変な力が芽生えた場所なんだから！」

そう言うと酒呑童子ははっとしたような顔をした。

「それは、そうかもしれないが」

「そんなに大事な麒麟眼《きりんがん》なら、今すぐ返してあげるから。ほらどうぞ、持っていってよ！」

「俺の魂《たましい》は小さすぎて、もう麒麟眼《きりんがん》には耐えられない。俺に出来るのは、お前を正しく導くことだけだ」

「勝手にこんなものを押し付けておいてよく言うよ！　誰が麒麟眼《きりんがん》なんて欲しいって頼んだ？　どうしてこんな、人間の身に余るようなものを私に押し付けたの⁉　説明もフォローもなしに！」

言葉が口から迸《ほとばし》って止まらない。言葉を止めたら涙が出てきそうだったから、とにかく必死にまくしたてた。

激昂《げっこう》する私に、酒呑童子はただ短く答えた。

「お前ならば、耐えられると思った」

「六歳の子どもが、真実を見抜く目に耐えられるわけないでしょう！」

ほとんど悲鳴のようだった。

周りの皆に気味悪がられた子どもの頃の記憶が蘇《よみがえ》る。小学生の頃は、皆の本音を麒麟眼《きりんがん》で見た通り口に出してしまったせいで、遊びの仲間にも入れてもらえなかった。中学生や高校生になれば、さすがに本音と建前というものが分かってくる。だから、麒麟眼《きりんがん》で見えたままを口にすることはなくなったけれど、周囲の人たちの本音と建前があまりにも違いすぎて、人のことが信じられなくなった。自然と人と距離を置くようになり、気づくと私の周りには、誰もいなくなった。

「私は普通の人間だよ！　春龍街《しゅんりゅうがい》を守る使命なんてない、ただの人間の子どもに、どうして麒麟眼《きりんがん》を押し付けたの……！」

小春が、ちづるどの、と困ったように私の名を呼ぶ。

私はぼろぼろと泣いていた。ああもう、こんな風に泣きたくないから、馬鹿みたいに喋《しゃべ》り続けていたのに。

目元を乱暴にこすって、私は酒呑童子を睨《にら》みつける。

「まだまだあんたの罪状はあるから。どうして私と初めて会った時にそれを言わなかったの。少しでも罪悪感があるなら、最初に打ち明けるべきでしょ」

「それは……」

初めて酒呑童子が言い淀《よど》んだ。

「……それは、怖かったからだ。お前にこうして糾弾《きゅうだん》されるのが分かっていたから。分かっていて、先延ばしにした。それは俺の恐怖心ゆえだ」

それに、と酒呑童子は早口で言い訳を重ねる。

「とっくに知っていると思ったんだ。人間が春龍街《しゅんりゅうがい》に来る時は、管理官が必ず出入りの記録を調べる。その時に酒呑童子の子であることが分かると思っていた」

「ああ、それは難しいでしょうな」

そこで小春が口を挟む。

「十八年前、酒呑童子どのが身罷《みまか》られたことを受け、あなたのお名前は公文書から消されました。管理局の上層部が、あなたの存在を春龍街《しゅんりゅうがい》の歴史から消そうとしたのです。酒呑童子の名を口にするたびに力を吸い取られる禁術は、未だに残っております」

「な、何それ？」

「春龍街《しゅんりゅうがい》のあやかしが、酒呑童子、と口にするたび、妖気を少し吸い取られるのです。私は問題ありませんが、弱いあやかしであればひとたまりもありません。ですから、ちづるどのがお父上と酒呑童子をすぐに結び付けられなかったのは、致し方のないことでしょう」

そういえば、佐那と話していた時も、酒呑童子という名前は一度も耳にしなかった。管理官という立場上、法律違反を避けたわけか。

でも、白露くらいは、私にお父さんの名前を教えてくれてもよかったと思うけど。というか、元凶は酒呑童子だ。ぐずぐずと正体を明かさないでいるから、こんな崖の上で親子喧嘩をする羽目になる。

さすがに小春は潮時を心得ているようで、私たちの表情を観察しながら尋ねた。

「我ら犬神族は、そろそろお暇《いとま》した方がよさそうですね」

「すまないな。これは俺たちの問で話をつけたい」

癪《しゃく》だが酒呑童子の言う通りだ。小春をこれ以上、親子喧嘩に巻き込むことはできない。

色々と聞きたいことはあるだろうに、小春は何も聞かず、ただにっこり笑うと、私に小さな笛を握らせた。

「ここから先は、ちづるどのの足でも登れるでしょう。下りる際は、また私が担ぎますので、この笛でお呼びください」

「……ありがとう。すごく助かる」

「いえ！　全てがちづるどのにとって良い方向に収まることを祈っておりまする」

そうして小春は従者と共に山を下りていった。

残されたのは、気まずい雰囲気の一人と一羽。

「……」

「……悪い、とは、思っている」

「何に対して」

「人間にとって、麒麟眼《きりんがん》がどれだけの重みを持つか、想像ができなかった。——そんなお前を、一人にした」

一応自分の罪状は理解しているらしい。理解しているからといって許しはしないが。

私は深呼吸をすると、自分の頬を両手でばちんと挟むように叩き、活《かつ》を入れた。

酒呑童子を——お父さんをなじるのは、後でいくらでもできる。

今しなければならないことに集中しよう。私は砂利や岩石が転がる道を歩き始める。

酒呑童子は黙って羽ばたきながらついてきた。

それからどれだけ歩いただろう。

近いと思っていた山頂は思いの外《ほか》遠く、私は途中で休みながら五時間ほど歩いた。さすがの酒呑童子も疲れた様子で、岩の上にぐったりととまっている。

日が沈み、ひんやりとした夜の冷気が漂《ただよ》い始める。私は腕をさすりながら、ひたすら白露に会うことだけを考えて、疲れ切った足をどうにか動かし続けた。

そうしていると、靄《もや》がかかったようだった視界が急に開け、山の頂《いただき》を刃でなで斬りにしたような、平らな空間が出現した。

ここが頂上――そう思った瞬間、空にギラギラと輝く満月を見つける。

「あれは……」

「そうだ。あれが茨木童子の作った偽物の月。鵺《ぬえ》を狂わす魔性の月だ」

「白露は？」

「ここにはいないようだが……」

辺りを見回す酒呑童子の動きが、不自然に止まる。

彼が凝視している先には、一人の着物姿の女性がいた。

美しい銀の髪をハーフアップにし、艶《あで》やかな紫色の着物をまとっている。驚きに見開かれた目は柘榴《ざくろ》のように赤く、孔雀《くじゃく》のようなまつ毛に縁取られていた。

「茨木童子」

「……酒呑、童子？」

呟く声は鈴の音のよう。彼女は少女のように唇をわななかせ、顔を歪《ゆが》めた。

「なぜじゃ……？　あの時お前は死んだはずなのに」

「生き延び、麒麟眼《きりんがん》を残すことが、酒呑童子たる俺の務めゆえ。――お前は何をした、茨木童子？　お前もまた、春龍街《しゅんりゅうがい》を、あやかしたちの世界を守る責務を与えられた存在であろう」

酒呑童子の声は凛々《りり》しく、よそよそしかった。威厳をまとった彼の声は、かつて春《しゅん》龍街《りゅうがい》を救った英雄たる自負に満ちている。

「世界を守る代わりに、お前は俺に刃を突き立てた。その点について、何か申し開きはあるか」

「……」

茨木童子は悲しそうな目で酒呑童子を見つめている。口元は今にも泣きだしそうなほど歪《ゆが》んでいるが、その美貌を損なうことはない。

茨木童子は美しかった。巨大な怪しい満月を背負って、今にもくずおれてしまいそうな、儚《はかな》い存在に見えた。酒呑童子に刃を突き立てた犯人とは到底思えない。

首を微かに揺らして俯《うつむ》いた彼女が顔を上げると、その優艶《ゆうえん》な眼差しに険が宿る。

彼女は私を睨《にら》んでいた。

「お前の死後、麒麟眼《きりんがん》は春龍街《しゅんりゅうがい》から消え失せた。災いの源《みなもと》がなくなり、胸を撫で下ろしていたが、まさか娘に麒麟眼《きりんがん》を移譲していたとは思わなんだ」

「当然だ。この眼を失うわけにはいかない」

「麒麟眼《きりんがん》を持つ苦しみを娘に与えるとは、お前も落ちたものじゃな」

「麒麟眼《きりんがん》がもたらすものは苦しみだけではない」

「苦しみだけじゃ。真実に喜びはない。いつだってそれはお前を裏切る」

ゆえに、と茨木童子は言う。

「私はお前を殺してやったのに」

「殺してやった？　どういうことだ」

「字義《じぎ》通りの意味じゃ。世界は麒麟眼《きりんがん》を持つ者にとって、あまりにも――辛すぎる」

「あなたも、麒麟眼《きりんがん》を持っているの？」

私の言葉に、茨木童子はちらりと顔を上げた。

「持たずとも、酒呑童子の側にいれば分かる。あれは一介のあやかしには過ぎたものじゃ。春龍街《しゅんりゅうがい》を救う? あやかしどもを助ける? 妄想にもほどがある!」

吐き捨てるように言った茨木童子は、冴え冴えとした眼差しを私に向ける。

「我ら酒呑童子と茨木童子は、あやかしどもの世界が平穏に保たれるよう、面倒を見る役目を任ぜられた。春龍街《しゅんりゅうがい》、夏虎海《かこかい》、秋凰天《しゅうおうてん》、冬玄島《とうげんとう》、あやかしどもが住まう全ての世界を、つつがなく運行させるのが我らの任。その任のため、酒呑童子には麒麟《きりん》眼《がん》、私には月の力を自在に使う呪具、月桂冠《げっけいかん》が与えられた」

「……」

「私たちは張り切って任務にあたった。春龍街《しゅんりゅうがい》が運行の軌道を逸れそうになったら、すぐに戻した。あやかしたちが天変地異に見舞われたら、即座に助けた。だが!」

茨木童子は赤い目を怒りに輝かせて叫ぶ。

「助けた者に幾度裏切られたか、もはや数えることも面倒なほどじゃ。酒呑童子が救ったあやかしが、次の日には別のあやかしを食ろうて捕まる。酒呑童子に助けを乞《こ》うたあやかしが、翌朝には春龍街《しゅんりゅうがい》の治安を乱す」

厭《いと》わしそうに首を振る茨木童子。そのたびにさらさらと揺れる銀糸のような髪が、月の光で輝いている。

そんな彼女を、酒呑童子はただ黙って見つめている。

「私はまだいい。あやかしどもの本音なぞ分からぬ。けれど、酒呑童子は違う。お前はあやかしたちの言葉と行動が一致していないことに苦しんだ。醜《みにく》い本音と打算に平気な顔をしながら、心の奥底では痛みを抱えていた、そうじゃろう」

私と同じだ。横目で酒呑童子を窺うと、彼は少し辛そうに答えた。

「そうだな」

「酒呑童子が傷つくたびに、私の心も張り裂けそうだった。こんなに強い鬼が、自分より遥《はる》かに劣る存在のせいで心を痛めていることが許せなかった。……だから、殺した。春龍街《しゅんりゅうがい》を守るなんて馬鹿げたことに身をすり減らさなくてもいいように、安らかに眠れるように」

茨木童子はぽつぽつと語りだす。

「春龍街《しゅんりゅうがい》の軌道が逸れ、あわや全滅というところを酒呑童子が救ったことは知っているな？　あの後、酒呑童子はどうなったと思う」

「感謝されたんでしょ？」

「ああ。だが一部のあやかしからは酷く憎まれた。一つの世界の危機を救うだけの力は、同時に一つの世界を滅ぼす可能性を孕《はら》んでいるからじゃ」

「そんな……」

「あやかしの上層部は、酒呑童子があやかしたちに与える影響を危惧《きぐ》し、酒呑童子が自由に振る舞うことを禁じた。我らはあやかしの守護者でありながら、同時にあやかしたちの目の上のたんこぶのような存在となった」

けれど、あやかしたちの気持ちも、分からなくもなかった。強い力は確かに頼もしい。それが自分たちを守ることだけに使われている限りは。

茨木童子は憐《あわ》れみを含んだ目で私を見た。

「お前も麒麟眼《きりんがん》を持つならば分かるじゃろう。口では感謝を述べながら、心の中ではおぞましい化け物を見るような目で見られる。美辞麗句で汚い本音をごまかす連中の、こびへつらうような笑いを」

「……分からなくはない、けど。でもそれは、あんたが酒呑童子を殺していい理由にはならない」

そう言うと茨木童子はふっと嘲笑《ちょうしょう》を浮かべた。

「お前には分かるまいよ。……酒呑童子はそれからも春龍街《しゅんりゅうがい》を守り続けた。そんな中、人間との間に娘が生まれた。お前じゃ」

「……」

「酒呑童子はお前をたいそう可愛がっていた。母親に似て、見た目が全く鬼らしくなかったから、春龍街《しゅんりゅうがい》ではなく人間社会で育てることにしたらしい。お前が初めて春《しゅん》龍街《りゅうがい》を訪れたのは、十八年前のことだった」

「そう。あんたが酒呑童子を殺した時ね」

「ああ。酒呑童子はお前と共に春龍街《しゅんりゅうがい》を歩いていた。自分が守る街を誇らしげに娘に見せてやっている姿は、楽しそうで、晴れがましくて、幸せそうだった……」

目を細めて言う茨木童子には、その時の光景が見えているようだった。

「少しだけだけど、覚えてる。お祭りみたいな雰囲気で、嗅いだことのない匂いがして。いつもあまり家にいないお父さんが、くつろいだ様子で街を案内してくれていたことを……」

すると茨木童子はますます愛おしそうに目を細めた。

「だから、幸せなまま殺してやろうと思ったのじゃ」

「はあ？」

「あの瞬間、酒呑童子は幸福だった。幸福のうちに死なせてやれば、きっと安らかに眠れるじゃろう？　ゆえに、私はその背に刃を突き立てた。自分が死ぬなどとは微塵《みじん》も考えていない酒呑童子の体を、何度も何度も刺したのじゃ」

「それを——あなたは、善《よ》いことだと思ってるの」

茨木童子は陶然《とうぜん》とした表情で頷いた。

価値観が違いすぎると思った。

「そんなことって……！　確かに麒麟眼《きりんがん》を持つことは苦しいことだけど、だからって、酒呑童子を殺す意味が分からない。しかも娘である私の目の前で！」

「慈悲《じひ》を垂《た》れたのだ。お前のような小娘には分からぬことじゃろうが」

一番救いのない行為だ。誰にも利益がない。

でも、茨木童子は自分の行動に疑いを持っていないようだった。それが一番恐ろしかった。

「……愚《おろ》かなことをした、銀貨よ。だがお前はそういう鬼だったな」

酒呑童子は絞り出すようにそれだけ言うと、顔を上げた。

「鵺《ぬえ》をどこへやった」

「鵺《ぬえ》には仕事がある。世界を滅ぼすのに鵺《ぬえ》ほどふさわしい存在はいない」

「どういうこと」

自分の言葉が尖《とが》るのを感じる。茨木童子は、私の言葉ににじむ怒りを楽しむかのように、口の端に笑みを浮かべて言った。

「守護者たる酒呑童子が死んだのに、春龍街《しゅんりゅうがい》が生き延びていい道理もない。凶兆のしるしたる鵺《ぬえ》には、その名にふさわしく、春龍街《しゅんりゅうがい》をずたずたに引き裂いてもらうのじゃ。そのために、私はこれまで月桂冠《げっけいかん》に力をためてきた。その十八年分の力を鵺《ぬえ》に注《そそ》ぎ、今こそ世界を壊してもらおうぞ」

「冗談じゃない、そんなこと絶対にさせない！」

茨木童子は十八年もの間身を隠し、春龍街《しゅんりゅうがい》を滅ぼすためだけに生きていたのだろう。

だが、世界を滅ぼすために白露を使おうというのが気に入らない。

だって、鵺《ぬえ》が春龍街《しゅんりゅうがい》を滅ぼすということは、白露が最も恐れていたことだ。

他のあやかしの誰よりも、ほかならぬ、白露自身が。

「絶対にそんなことさせない。白露は私と一緒に、春龍街《しゅんりゅうがい》へ帰るんだから」

「ああ、なんと愛らしく、愚《おろ》かな娘よ。鵺《ぬえ》の力を知らぬのじゃな」

うっとりと微笑んだ茨木童子は、つと天上の月を指さす。

「ならば見よ、凶兆たる鵺《ぬえ》の姿を。ものみな全て滅ぼしつくす、破壊の象徴を」

巨大な月に、一つの黒いしみが生じた。それがどんどん大きくなって近づいてくる。

「……っ、白露！」

ものすごい地響きと共に、私たちの前に降り立ったのは、一頭の巨大な鵺《ぬえ》だった。

前に見た時、体の高さは三メートルくらいだったけれど、もっと大きくなっている。

毛は赤黒く、尾は長い緑色の蛇が三匹連《つら》なってできていた。

私が一抱えしても腕が回らないほど太い四肢には、黄ばんだ鋭いかぎ爪が生えている。あれで殴られたらひとたまりもないだろう。

そして狼めいた顔には、白露の気配はどこにもなかった。

理性のかけらもない赤い目が私を見下ろす。ちづる、と呼ぶ代わりに、鵺《ぬえ》は狼のような唸《うな》り声を上げて私を威嚇《いかく》した。

深い絶望が心臓を絞り上げる。今の白露には私が分からないのだ。

「ちづる！」

酒呑童子が叫ぶ。はっと顔を上げると、鵺《ぬえ》がその前足で、私の体を薙《な》ぎ払おうとしていた。

やられる、と思った瞬間、後ろから酒呑童子に突き飛ばされて、思い切り転んだ。

頭すれすれのところを、鵺《ぬえ》の腕が風を切ってかすめる。

「転がれ！」

言葉通りに右へ転がれば、つい一瞬前まで私がいたところに、鵺《ぬえ》が前足を振り下ろしていた。少し地面が砕けている。あれを食らっていたら背骨が砕けていた。ぞっとしない！

私は急いで起き上がると、鵺《ぬえ》から距離を取った。手のひらが思い切りすりむけて、ひりひりと痛んだ。

酒呑童子が羽ばたきながら怒鳴る。

「ぼさっとするな！　全く、攻撃の軌道も読めんのか、お前の麒麟眼《きりんがん》は！」

「読めるわけないでしょ⁉」

白露に本気で攻撃された。その衝撃を無理やり怒りに変換して叫べば、酒呑童子は心なしか安堵したように頷いた。その眼差しを見て、ふと気遣われたことを悟る。

酒呑童子は、白露に本気で攻撃された私が、衝撃を受けていると思っているのだ。

「大丈夫だな？」

念押しするように聞いてくる酒呑童子。

確かに白露が本気で私を殺そうとしているという事実は、受け止められないほどしんどい。

でも。

「本当に白露が私を殺してしまったら、白露はきっととても悲しむ。そうしてまた自分を責めて、幸せになるべきではないと自分を縛り付けてしまう。そんな結末だけは絶対に嫌」

自分を鼓舞《こぶ》するように立ち上がり、酒呑童子を睨《にら》みつける。

「だから絶対にこんなところで殺されてやらないし、白露を取り戻す」

「はっ。お前の麒麟眼《きりんがん》、いい色をしているぞ。俺譲りの、真実を射抜く金色だ」

「似てるの？　それってなんだかすっごく嫌」

「おい、俺は今褒《ほ》めたんだぞ⁉」

攻撃を避けるためには、山頂の開けた場所では分が悪い。少しでも身を隠せる場所へと、私は登ってきた山道の方へ駆けだした。

酒呑童子も羽ばたきながらついてくる。

「あの状態から元の白露に戻すにはどうすればいいの！」

「茨木童子の月桂冠《げっけいかん》は、月の力を我が物にできる呪具だ。鵺《ぬえ》はその力のせいで正気を失っているのだろう。鵺《ぬえ》に月、猫にまたたび。鵺《ぬえ》は月に弱い」

その言葉を肯定するように、私たちのすぐ後ろに迫っていた鵺《ぬえ》が吼《ほ》えた。足を速め、鞭《むち》のようにしなる尾の一撃をどうにか逃れる。

麒麟眼《きりんがん》を使い「この岩は鵺《ぬえ》の攻撃に耐えられるか」という問いを矢継ぎ早に投げる。是《ぜ》と返ってきた岩にだけ隠れながら、鵺《ぬえ》の攻撃をしのいだ。

「じゃあ、その月桂冠《げっけいかん》を破壊すればいい？」

「冗談じゃない、あれは春龍街《しゅんりゅうがい》を守るためのものだ、破壊していいもんじゃない。だから、あの鵺《ぬえ》を、どうにか正気に戻す必要がある」

どうやって、と尋ねかけて、言葉を止める。それはあまりにも思考停止な質問だし、時間をロスしている。

だって、私の持っている武器はただ一つしかないのだから。

「麒麟眼《きりんがん》をどうやって使えば、正気に戻せる？」

「いい質問だ！」

酒呑童子は高らかに笑い、その黄金の目で鵺《ぬえ》を見やった。

「麒麟眼《きりんがん》は真実を見抜く目だ。ゆえに、本人の本質も見抜くことができる」

「今その力が役立つとは思えな、うわあっ！」

右足を踏み出した、その足元を鵺《ぬえ》の右足が穿《うが》つ。バランスを崩した私は、顔面から盛大に転んだ。

急いで起き上がる。鼻から鼻水みたいなものが出ているし、膝と手のひらを擦りむいたけど、動けなくなるほどの怪我はしていない。服の袖《そで》で鼻を拭うと血がべっとりついて、一瞬ひやりとした。

「急いで立て！　来てるぞ！」

「分かってる！」

強《したた》かに打ち付けた顔面と膝がじんじんする。ほとんど気力だけで立ち上がって、私は山道を駆け下りる。

茨木童子の気配はない。彼女はあの山頂で、鵺《ぬえ》が私たちを殺して帰ってくるのを待っているんだろう。酒呑童子は次の攻撃を警戒しながら、早口で続ける。

「あれの本質が鵺《ぬえ》であれば麒麟眼《きりんがん》は意味をなさない。だが、白露とやらの本音が、その本質が、鵺《ぬえ》でないものならば――」

「それを手掛かりに、白露を取り戻すことができる⁉」

「仮の話だがな！」

酒呑童子はその羽ばたきで、近くの岩を砕き、上手く山道を塞いだ。行く手を阻《はば》まれた鵺《ぬえ》が、苛立ったように吼《ほ》えるのが聞こえる。

「昔の話だ。催眠術をかけられて色に耽《ふけ》っていた馬頭《めず》に麒麟眼《きりんがん》を使い、馬頭《めず》の――門を守るという本質を呼び覚ますことで、催眠術を解いたことがある。白露の本質が鵺《ぬえ》と異なるのであれば、麒麟眼《きりんがん》でその本質を引きずり出し、表に出ている鵺《ぬえ》の要素を打ち消すことができる。――あいつの本質があの姿でないのなら、な」

その言葉にどきりとする。

白露の本質は、あんなに狂暴なものじゃないと思う。

でも、私と白露は、出会ってからまだ一か月くらいしか経っていない。それだけでほんとうに白露の本質が分かったと言えるのだろうか。

私は足を止めて振り返る。邪魔な岩を乱暴に打ち砕き、涎《よだれ》を垂《た》らし、理性のない目でこちらを見てくる、凶兆のけだもの。

「……うん。白露の本質は鵺《ぬえ》じゃないよ」

あれほど寂しがりで優しい人の本質が、あんな姿であるはずがない。

そうだ。あの人のほんとうを、心の柔らかい部分を、私は知っている。

麒麟眼《きりんがん》を使う先にあるのが、ぞっとするような醜《みにく》いものではないと、分かっている。

覚悟を決めた私を見て、酒呑童子がふっと笑う。

「麒麟眼《きりんがん》の見晴るかす先にはいかなる秘密も許されぬ。全てはお前の前に真実という名の臓腑を晒《さら》す。さあ使え、お前の麒麟眼《きりんがん》を」

私は麒麟眼《きりんがん》を発動させ、鵺《ぬえ》を見た。

鵺《ぬえ》。その体を構成するちぐはぐな生き物の全てを見通し、体の中へと潜《もぐ》り込む。白露の名を呼びながら、片眼鏡《モノクル》をかけた男性の姿を探す。

知性ある者に対して、本気で麒麟眼《きりんがん》を使うのは、一冊の重い本を読むのに似ていた。

丁寧に頁《ページ》をめくるたびに、相手のことが分かってくる。この頁《ページ》があったから、次の頁《ページ》に繋がるのだと、そのひとの過ごした時間や歴史を理解できる。

白露は多分、数百年くらい生きているのだろう。その歴史を見通すのには骨が折れた。

何しろ、ほとんどが迫害の歴史なのだ。

「……酷い」

鵺《ぬえ》であるから。それだけの理由で他のあやかしから石を投げられ続けてきた白露の歴史は、悲しくてさみしかった。どれほど酷い扱いを受けても、彼は一度も攻撃を返すことはなく、ただ静かにその場を去る。その繰り返し。

美術商として人間社会と行き来するようになったのは、ここ数十年のことらしい。人間社会は白露にとって、物珍しい異国のような場所で、彼はそれを楽しんでいた。

その中で、ふと一人の人間が浮かび上がってくる。

私だ。

本の中でそこだけ金箔《きんぱく》が押されているみたいに。綺麗な栞《しおり》が挟まれているみたいに。私の存在は、自分で言うのもなんだけれど、きらきら輝いていた。

顔が熱くなるのを感じる。きっとこれは見てはならないものだった。相手の中身を勝手に暴く麒麟眼《きりんがん》の、唾棄《だき》すべき短所だ。

けれど——白露が私を大事に思ってくれていると分かって、やっぱり、嬉しかった。

麒麟眼《きりんがん》がついに、鵺《ぬえ》の最奥部《さいおう》を射抜く。

そこには、深い悲しみの繭《まゆ》の中、山のような本に囲まれ、背中を丸めて何かにのめり込んでいる人影があった。

「白露」

ため息のような声しか出なかったけれど、その人は弾かれたように顔を上げ、振り返った。

「え……？」

「白露？　白露だよね？」

「そうだけど、ど、どうしてちづるがここに？　『僕』はもう死んだはず」

「死んでない。私が今から『白露』を表に引っ張り出す」

「引っ張り出す？　どうして」

「あんたが表に出れば、あの恐ろしい鵺《ぬえ》はいなくなる。茨木童子の春龍街《しゅんりゅうがい》を鵺《ぬえ》で滅ぼすなんていう訳分かんない企《たくら》みも無に帰《き》すでしょ」

「……それは、どうだろう」

白露は困ったように笑って俯《うつむ》く。

「僕は、どこまでも鵺《ぬえ》だ。見ただろう？　あのおぞましい姿を。君にだけは見られたくなかったけれど、月桂冠《げっけいかん》で作られた月には抗《あらが》えなかった。あれが僕だ」

「違う。あなたは確かに鵺《ぬえ》という生き物だけれど、その本質までもがおぞましいわけじゃない」

「どうだか。僕は自分でも自分が分からない。あんなにあっさりと理性をなくしてしまって……君を殺しかけた」

「でも死んでない」

「結果論だ。本質とか、そういう話の前に、僕はどうしようもなくおぞましくて醜《みにく》い、鵺《ぬえ》という生き物なんだよ……！」

「違う」

私の目は麒麟眼《きりんがん》。真実を見抜く。

その麒麟眼《きりんがん》が、白露の本質は、目の前で本に埋もれる引っ込み思案な青年なのだと教えてくれている。

それだけじゃない。傍証《ぼうしょう》だってばっちりだ。

「あのね。白露、私のこと好きだって言ってくれたでしょ。ラーメンの湯気に隠れて、まるでなんてことないみたいに。あれ、泣きたくなるくらい嬉しかった」

「え？」

「猫又の花梨から私を守ってくれた姿は、かっこよかったし、白露に酷いこと言うあやかしたちに文句を言う私をなだめてるところは、大人っぽくて頼りがいがあった──それにね、白露」

きょとんとしている白露に、語りかける。

「人間社会で独りぼっちだった私の、どうしようもない寂しさに気づいてくれたのは、白露なんだ。それに気づけるってことはきっと、白露も寂しかったってことでしょう？」

「それ、は……」

「麒麟眼《きりんがん》がなくったって分かる。白露は寂しがりで、誰かと一緒にいたくて、でも凶兆の自分が近づけば皆が不幸になるかもって思って、距離を置いてしまうような──胸が苦しくなるくらい優しいひと」

白露が泣き笑いのような表情を浮かべた。

「ふ、ふふ。ちづるがそう言ってくれると、不思議だね、なんだか自分がほんとうにそういう生き物だって気がしてきた」

「ほんとうなんだよ、白露。だって私には麒麟眼《きりんがん》があるんだから」

絶対の太鼓判《たいこばん》を押すと、白露がちょっと笑って、静かに首を振った。

「そうじゃないよ。僕の寂しさを知っていて、僕が寂しさを知っている君が言ってくれるから、君の言葉を信じることができるんだ」

微かに首を傾げた白露は、私の顔を見て、面白そうな表情を浮かべる。

あんまりじろじろ見ないでほしい。多分今の私の顔、耳まで真っ赤になっている気がするから。

「麒麟眼《きりんがん》を持ってるからじゃなくて、言ってくれたのがちづるだから。僕は君の言葉を信じることができる。僕の言ってる意味、分かる？」

「う、うん、分かるけど、それって……なんか、照れる」

「照れてよ。僕は君のことが大好きだって言ってるんだからさ」

すごいことをさらりと言うと、白露は少し辛そうに眉根を寄せた。

「僕は馬鹿だな。あんなまがい物の月に魅せられて、自分を見失ってしまった」

「取り戻せるよ、いつだって。私がいるんだから」

励《はげ》ますように言って、私は白露を凝視する。

「今から白露の本質を表に引きずり出す。そうすれば元に戻れるはず」

「手短に済ませてくれよ。本質を見られるなんて恥ずかしいこと、君にしか許したくないんだから」

おどけたように言う白露に手を伸ばした、その瞬間。

何か強い力で弾かれ、私は目を閉じてしまう。白露の気配が私の指からすり抜け、後ろによろけたところを、酒呑童子が支えてくれた。

「何が起きたの……⁉」

「厭《いと》わしや麒麟眼《きりんがん》！　鵺《ぬえ》の本質を引きずり出すなど、小賢《こざか》しい真似《まね》を」

何度か目を瞬《まま》かせる。普通の目と麒麟眼《きりんがん》を急に切り替えたせいで、状況が一瞬分からなかった。

どうやら私は、白露の中から無理やり弾き飛ばされたらしい。それをやったのはもちろん、白露の頭上に浮かんでいる茨木童子だ。目を怒らせてこちらを睥睨《へいげい》している。

白露は苦しそうに呻《うめ》いた。その体は縮んだり大きくなったりして、今にも弾け飛んでしまいそうだ。

きっと、白露が抗《あらが》っているんだ。そう思って私は叫ぶ。

「白露！」

「思ったよりも麒麟眼《きりんがん》を使いこなすのが早いな、娘。だが次はそうはいかんぞ」

茨木童子が頭上に手を掲げる。金色の月はいよいよ光を増し、太陽のように眩《まぶ》しく光る。それと同時に、白露が血を吐くような呻《うめ》き声を上げてのたうち回った。

私は急いで、また彼の本質を掴《つか》もうと麒麟眼《きりんがん》を使う。けれど、私がどれほど白露の体を透かし見ようとしても、何か大きな壁のようなものに阻《はば》まれてしまう。

きっと月桂冠《げっけいかん》の力だ。仕組みは分からないけれど、茨木童子が邪魔をしているのだけは分かる。

「茨木童子……！」

「鵺《ぬえ》は月に狂うもの。所詮《しょせん》はその程度のあやかしじゃ——さあ行け、春龍街《しゅんりゅうがい》を蹂躙《じゅうりん》せよ。お前を迫害したあやかしどもに鉄槌《てっつい》を下《くだ》せ」

茨木童子は歌うように呟く。

「だがその前に、目障りな麒麟眼《きりんがん》の娘を殺せ」

「そんなことは絶対にさせない——そもそもどうしてあんたは、春龍街《しゅんりゅうがい》を滅ぼしたいなんて考えてるの」

「既に言うたじゃろう。私は酒呑童子を愛している。愛しているから、彼を苛《さいな》む世界全てが憎い」

さらりと言って、茨木童子はうっとりと目を細めた。

「考えてみれば、酒呑童子がフクロウに身をやつして、私のもとに戻ってきてくれたのは、僥倖《ぎょうこう》かもしれぬ。お前を二度殺すことができるのだから」

「まともじゃないわね、あんた」

「ふふ。麒麟眼《きりんがん》の持ち主に常識を疑われるとは、片腹痛いわ」

火花を散らして睨《にら》み合う私と茨木童子。

と、その間に酒呑童子が割り込み、大きな翼を広げて、茨木童子をねめつけた。

「昔っからこうと決めたら一直線だ、お前は。だがまあ、理解できんわけじゃないぞ、銀貨。俺だって春龍街《しゅんりゅうがい》の連中に、何度煮え湯を飲まされたか分からん」

「だろう？　度し難く愚《おろ》かな連中だ。滅びるに値する」

「でもな、俺の麒麟眼《きりんがん》に映るもの全てがそうだったわけじゃない」

懐《なつ》かしそうに目を細める酒呑童子。砕けた口調といい、銀貨という呼び方といい、格式ばった喋《しゃべ》り方はやめたらしい。

「美しいものはある。尊いものもある。ま、わざわざ麒麟眼《きりんがん》で見るまでもない真実だがな！」

「ふん。泥濘《でいねい》の中に咲く蓮《はす》はひときわ綺麗に見える、それだけのことじゃ。そも、我らは奪われるばかりだった。粉骨砕身《ふんこつさいしん》、春龍街《しゅんりゅうがい》のあやかしのために生きてきたのに、お前が死んだ途端、お前の名を口にしたら力を吸い取られるなどという馬鹿げた禁術を使い始めたのじゃぞ」

「俺のように強い力を持つあやかしが怖かったのだろう。あやかしどもの愚《おろ》かさと弱さは尽きるところを知らんものだ」

やれやれとばかりに首を振った酒呑童子は、真剣な眼差しになって告げた。

「だからこそ、俺たちが春龍街《しゅんりゅうがい》を……あやかしたちを守らなけりゃならないんだ。あやかしどもは勝手気ままな生き物だ。奪い、食らい、むさぼって、飽きることを知らん。強いあやかしが弱いあやかしや人間を狙うなら、俺たちはそれを阻止しなけりゃなるまいし、春龍街《しゅんりゅうがい》が脅《おびや》かされれば、何をおいても駆けつける義務がある」

「損な仕事だ」

「ほんとにな！　麒麟眼《きりんがん》だの月桂冠《げっけいかん》だの、やたらめったら強い力ばっかり貰って、それを持て余しながら使命を果たさなけりゃならん」

けたけた笑う酒呑童子は、呆《あき》れたようにそっぽを向く茨木童子の傍《かたわ》らに降り立った。

「なあ、俺を殺したのは、俺のためってのもあるんだろうが――自分も、解放されたかったんじゃないのか」

「何を言っておる」

「責めるわけじゃない。ただ、そうなんじゃないかと思っただけだ。お前は一直線で、怠《なま》けることを知らない鬼で、だから……俺を殺すことでしか、逃げ道がなかったんじゃないかと思ってな」

茨木童子は何も言わない。

私は二人が話している間、麒麟眼《きりんがん》で白露の内部を覗き見ようとしていた。茨木童子の作った障壁のせいで、上手く彼の中心部を見ることができない。

それでも、私は語りかける。

「白露。白露、どうか、戻ってきて。私を一人にしないで」

＊

白露は呆然と立ち尽くす。

自分の最奥《さいおう》までやってきてくれたちづるが、煙《けむり》のように消えてしまった。けれど彼女の声はずっと聞こえている。

何度も呼び返すのだけれど、こちらの声は『向こう』に届いていないようだった。

一方的に投げかけられるちづるの言葉は、次第に震えを帯びてくる。

『白露、白露、ねえ早く戻ってきて。あんたがいないと嫌』

「ちづる……！」

『酒呑童子と茨木童子の話を聞いてると、自分が持ってるものの大きさにびっくりするの。麒麟眼《きりんがん》が、あやかしたちの世界を守るために与えられた力だなんて言われたって、どうしていいか分からない』

あやかしにとって麒麟眼《きりんがん》は、吉祥《きっしょう》の象徴、自分たちを救う善《よ》いものだ。けれど人間であるちづるにとって、麒麟眼《きりんがん》は本音を見抜く厄介な力でしかない。それなのに、あやかしの世界を守護するという目的を持って酒呑童子に与えられたものだと知って、尚更怯《おび》えているのだろう。

『私一人じゃ、こんな力、持ってられない。他人の本音を見抜くだけじゃなくて、心の一番奥まで踏み込んでしまうような、そんな力を正しく使う自信がないよ。いつか道を踏み外してしまうんじゃないかって、茨木童子みたいに、全部が嫌になってしまうんじゃないかって思うと、怖い』

それは、自分の感情や本音を上手くやり過ごしてきたちづるが初めて吐露《とろ》した、恐怖の感情だった。

『お願い、戻ってきて。あんたが鵺《ぬえ》で、他のあやかしから疎《うと》んじられているなら、私がそれを守ってあげる。だからあんたは、その代わりに、私を守って。あんたの孤独を半分背負ってあげるから、私の孤独も半分背負ってよ』

「ちづる」

麒麟眼《きりんがん》。人には過ぎたその力に、ちづるは必死に耐えてきた。

けれどかつての麒麟眼《きりんがん》の持ち主である酒呑童子と会ったがために、麒麟眼《きりんがん》をより使いこなすことができるようになってしまった。それが、彼女を怖がらせている。

自分がどうなってしまうか分からない恐ろしさを、白露はよく知っていた。

「分かってる、絶対に戻る！」

聞こえないと分かっていながらも、声の限りに叫ぶ。

白露は今まで、自分というものに興味がなかった。否《いな》、自分に対して恐怖心を抱いていたという方が正しいだろう。

どうせ鵺《ぬえ》だから。いくら紳士的に振る舞っていても、無害なふりをしても、結局は鵺《ぬえ》なのだ。狂暴でおぞましい災厄、汚らしいつぎはぎの獣。

そんな白露のただ中に、ちづるは踏み込み、白露の本質を暴いた。

暴いた先にあったものは、ただの『白露』だった。

そのことが白露には何よりも嬉しい。けだものではない自分、ちづるの小さな手を握ることのできる自分がそこにいる。凶兆でもなんでもなく、ただの一人の生き物として、ちづるが『白露』を見つけてくれたのだ。

——だから。

「この壁を、越えなければ」

白露が睨《にら》みつけているのは、月桂冠《げっけいかん》によって作り出された壁だ。麒麟眼《きりんがん》の侵入を防ぐため、茨木童子が編み上げた結界。

結界を乗り越えれば『白露』は鵺《ぬえ》の表に出られるだろう。そうすればもうちづるを傷つけなくて済む。彼女の側に駆け寄り、守ってやれる。

もうちづるを人間社会に帰そう、自分から遠ざけようとは思わなかった。

ちづるが自分の孤独の半分をくれるというのだ。喜んでその重荷を背負いたい。

ちづるのことが、好きだから。

「……」

白露は息を整えると、結界に向かって歩き出す。

恐怖がないわけではない。月桂冠《げっけいかん》の力で編み上げられた結界は、月の力を強く持つ。鵺《ぬえ》である以上、月の引力には逆らえない。触れた瞬間、理性が蒸発してもおかしくはない。

白露の右腕が、毛の生えた鵺《ぬえ》のそれに変ずる。かぎ爪の生えた太い腕で、壁を殴りつける。

「……っ」

毒のように、月の引力が脳を痺《しび》れさせ、理性を奪おうとする。けれど白露は歯を食いしばり、何度も何度も結界を殴りつけた。

醜《みにく》い姿には決してならない。理性は手放さない。なぜなら、ちづるが暴いた白露の本質は、鵺《ぬえ》などではなかったのだから。

彼女が見つけてくれた白露は、人間の姿をした、この自分なのだから。

「僕の腕力を舐《な》めるな、よっ！」

剛腕が結界にひびを入れる。月桂冠《げっけいかん》は麒麟眼《きりんがん》に並ぶ力を持つ呪具だが、鵺《ぬえ》の全力に何度も耐えきれるほどではない。白露は執念深く結界を殴りつけ、そのたびに理性が揺らぎそうになるのを、恐るべき精神力でこらえた。

結界に入ったひびが、徐々に大きくなってゆく。亀裂《きれつ》が走り、あちこちがきしみ、そうして最後の一撃で、月桂冠《げっけいかん》の結界は砕け散った。

＊

鵺《ぬえ》が悲鳴のような声を上げ、私ははっと顔を上げる。

軋《きし》んだ音を立て、赤い光を放ちながら、鵺《ぬえ》の体がみるみる縮んでゆく。そうしてその光の残滓《ざんし》の中から現れたのは、一人の青年だった。

「やあ、ちづる」

どこか照れくさそうに笑うのは、白露だ。

緩くうねった黒髪に、とび色の目。古臭い片眼鏡《モノクル》。

「……っ、白露！」

転がるように駆け寄って、白露の手に触れると、きつく抱きしめられた。白檀《びゃくだん》に似た香りが立ち上《のぼ》って、白露の存在を強く感じる。

白露だ、と呟くと、彼は嬉しそうに言った。

「そう、僕だよ。君が見つけてくれた、僕だ」

「よく帰ってこられたね」

「ちづるが来られたんなら、僕だって行ける」

笑って言うと、白露は真剣な眼差しで私を見下ろした。

「――いいよ」

「え？」

「君を守ってあげる。麒麟眼《きりんがん》が君に課す重責や苦しみを、僕が持つ全ての力でもって、退《しりぞ》けよう。君の孤独を半分引き受けるよ」

「あ……さ、さっきの、聞こえてたの？」

「もちろん。その代わり、君も僕を守ってくれるんだろ」

確信をもって問われ、私は鼻の奥がつんと熱くなるのを感じた。さっき流した鼻血のせいだということにしておく。

「うん。春龍街《しゅんりゅうがい》のあやかし皆が敵になっても、私は白露を守るよ」

「――っ、すごい。情熱的だね」

「茶化さないで……って、白露、泣いてる？　顔見せて」

「泣いてないよ。そんなことより、まだやらなきゃいけないことがある」

そう言いながら白露が顔を上げた。いつになく厳しいその眼差しが射抜くのは、青ざめた顔でこちらを見ている茨木童子だ。

「茨木童子。僕を使って春龍街《しゅんりゅうがい》を滅ぼすことは諦めてもらう。麒麟眼《きりんがん》を持つちづるを殺すこともね」

「……鵺《ぬえ》が、月桂冠《げっけいかん》の結界を乗り越えただと？　ありえん！」

「あれは大変だった。できれば今後は御免こうむりたいものだ。僕以外にも、月に魅入られるあやかしはたくさんいるんだからね」

飄々《ひょうひょう》とした白露の物言いに、茨木童子は唇をわななかせる。

「ああ、しくじった。最初に殺すべきは娘の方であったか」

「馬鹿、まだそんなことを言っているのか、お前は！」

酒呑童子の鋭い言葉に、茨木童子は鞭《むち》打たれたように顔を上げる。

フクロウの鋭い眼光が、岩の上から茨木童子を見下ろしている。

「俺は酒呑童子だ。そしてお前は茨木童子。俺たちはあやかしの世界の守護者であり、彼らの幸せを守る者だ。そう任ぜられた。そうあれと力を賜《たまわ》った。その誇りを自ら捨てるのか！」

「そんな力、私が望んだわけではない！　私が望んだのは、ただお前と共に幸せになることだけじゃ。お前と私、それだけでよかったのに、どうしてお前は世界を助けようとする」

「世界が幸せになれば、俺の取り分が増えるからだ」

なんのためらいもなく酒呑童子は言い放った。

茨木童子は、目を大きく見開き、信じられない様子で酒呑童子を見る。

「俺は酒呑童子だ。全ての鬼を統べるものであり、余りある財宝や食物、女を奪うのが、いわば仕事だ。だがその簒奪《さんだつ》も、全てはあやかしの世界あってのもの。彼らが栄えねば、俺たちが奪うものがなくなる」

「……ねえ、それってつまり、泥棒するために春龍街《しゅんりゅうがい》を守ってるってこと？」

恐る恐る口を挟めば、酒呑童子は当然とばかりに頷いた。

「人間たちもよく、自分たちが食うために牛だの鶏だのを飼っているじゃないか。数を増やすために害獣から守ったり、太りやすいよう大量の餌《えさ》を与えたりするのは、最後に取る肉を多くするためだろう。あれと同じだ」

「同じかなあ……？　っていうか、結局春龍街《しゅんりゅうがい》のあやかしたちを傷つけるつもりってこと⁉」

「その時が来れば。だが今は時期が悪い。人間社会との繋がりも途絶えてしまっているしな」

釈然《しゃくぜん》としないものがあるが、すぐに反論することができない。頭を抱える私を見て、茨木童子が馬鹿にしたように鼻を鳴らした。

「まあ、小娘には分かるまいよ。これこそ酒呑童子、遠大なる鬼の首魁《しゅかい》じゃ」

「なんであんたが得意そうなの」

「当然じゃ、私は酒呑童子に最も近い鬼、茨木童子ぞ」

少女のように笑った茨木童子は、ふと視線を落とし、途方に暮れたように呟いた。

「とすると私は、酒呑童子の夢を砕いたのじゃな。救うと言いながら、私の手でお前の夢ごとお前を殺した」

「過ぎたことはもういい。それに、その矛盾こそが我ら鬼の本質だろう」

そう言うと酒呑童子は誇らしげに翼を広げて見せた。

「それに、この姿も悪くない。自由に空を舞うのは、世界全てが我が物になったようで、気持ちがいいぞ！」

からからと笑う酒呑童子を見て、茨木童子は泣き笑いのような表情になった。肩を落とし、長いため息をついている姿は、初めて見た時より小さくなったような印象を受ける。

白露はそんな茨木童子に向かって要求する。

「まずはあの月を消してくれるね。あの月のせいで、人間社会と春龍街《しゅんりゅうがい》を繋ぐモノレールが運行できなくなっているんだ」

「分かった、分かった」

茨木童子は両手をぱんと合わせた。すると、目の前に赤い五芒星《ごぼうせい》のようなものが現れる。茨木童子がそれを指でなぞると、赤い線が静かに消えていった。

そうして空中に現れた五芒星《ごぼうせい》が消えると同時に、頭上でギラギラと下品なほどに輝いていた月がふっと消えた。

途端に辺りが暗くなって、その明暗差に一瞬視界がきかなくなる。

「……茨木童子！」

じゃり、と地面を走る音がしたかと思うと、酒呑童子が鋭く叫んだ。

「えっ？　何？」

「銀貨が飛び降りた！　あいつ、どこまで馬鹿なんだ……！」

翼を広げて追いかけようとする酒呑童子を、白露が制止した。

「僕が行く。待ってて――お父さん」

「お……とうさん⁉」

白露はその身を素早く鵺《ぬえ》に変え、岸壁を駆け下りていった。鵺《ぬえ》の太い手足が岩を蹴る、鈍い音が闇に響く。

そんな中、お父さんと呼ばれた酒呑童子は、目を白黒させていた。

「今のはなんだ？　お父さんだと？　再会してから一度もちづるにそう呼ばれたことがないんだぞ、俺は⁉　なのに」

「初お父さんおめでとう、酒呑童子」

「ぐっ。念のため言っておくがな、俺は鵺《ぬえ》との交際なんぞ認めんからな」

「嘘でしょ、この期に及んで父親面《づら》する気？　しかも二十歳《はたち》過ぎた娘の交際に口出すとか、今時流行《はや》らないよ」

「俺は酒呑童子だぞ！　鎌倉幕府よりも先に生まれたんだ、今時もくそもあるか！」

焦ったように羽ばたきの回数を増やすせいで、風圧がうっとうしい。抜けた羽根がばっさばっさとこちらに舞ってくるのも煩《わずら》わしかった。

「白露、茨木童子に追いついたかな」

そう呟いたまさにその時、鵺《ぬえ》が口に茨木童子をくわえた状態で、岸壁を駆け上がってきた。脱力している茨木童子は、地面に投げ出された拍子に呻《うめ》き声を上げる。

「生きてるね。助かってよかった」

胸を撫で下ろした私に、人間の姿に戻った白露が驚いたように言う。

「ちづる、茨木童子が自殺しようとしたと思ったの？　この鬼はね、自殺するふりをして逃げようとしたんだよ」

「えっ」

「術で雲隠れしようとしてたから、捕まえて引っ張ってきたんだよ」

茨木童子はつんとそっぽを向く。

「ほんに、鵺《ぬえ》とは行儀の悪い生き物じゃ。呆《あき》れてしまう」

そう言いながらも、茨木童子はどこか清々《すがすが》しい表情をしていた。

最終章

くあふ、と猫のように巨大なあくびをして、白露が寝室から出てきた。

「おはよ。って言ってももう十一時だけど」

「あー……昨日、読み始めた本が面白くて、夜更かししたからね……」

目やにのついた顔でソファにぐったりと寝転ぶ白露の足を、読んでいた雑誌でつついた。

「ね、朝ごはん作ったけど食べる?」

「メニューは?」

「黒猫堂《くろねこどう》のクロワッサンにほうれん草と卵のココット、プラス昨日の残り物のベーコンごろごろポテトサラダ。濃いコーヒーと杏仁豆腐マンゴーソース載せもあるよ」

白露はのそりと起き上がった。

「……食べる」

「ベランダで食べよ。今日は暑いけど、風があって気持ちいいから」

白露の手を引いてベランダに連れ出す。実はもうテーブルセッティングはしてあったのだ。

淹《い》れたてのコーヒーをカップに注《つ》ぐと、白露も目が覚めてきたのだろう、オーブンで温めていたココットを持ってきてくれた。

風が強く吹き付け、コーヒーの水面を揺らす。遠くでは朝市の手じまいの拍子木《ひょうしぎ》が鳴っていて、子どもたちが路地を駆けていく楽しそうな声が聞こえた。

漂《ただよ》ってくるオイスターソースの匂いは、屋台街がお昼時に向けて仕込みを始めているからだろう。向かいの建物の住人もそれを嗅ぎつけ、窓から顔を覗かせて、八個ある目で屋台街の方を見つめているようだ。

爽《さわ》やかな風を感じながらのブランチは理想的で最高だった。クロワッサンをちぎりながら、感慨深く呟く。

「なんかこうしてると、初めて春龍街《しゅんりゅうがい》に来た日の朝を思い出すなあ」

「僕も今そう思ってたとこ」

「あの時は、誰かと食事をするのが久しぶりだったけど……今はもう白露と一緒に食べるのに慣れちゃった。手が勝手に二人分の食器を用意しちゃう」

「はは。確かに、僕もパンを何種類も買うようになったし、ちづるの好きそうなワインを見つけるのが上手くなった」

「そういうの、嬉しいな」

「うん、嬉しいね」

にこっと笑いかけられて、少しだけどきりとした。無防備な笑顔は、実は白露が意外と垂《た》れ目だということを私にだけこっそり教えてくれ——

「なんだ鵺《ぬえ》、お前意外と垂《た》れ目なんだな」

二人きりのブランチに割って入るのは、白くて巨大なフクロウだ。

ベランダの手すりに音もなく着地した酒吞童子は、クロワッサンあるか？ と聞いてくる。邪魔者にあげるクロワッサンはない。

「あのね、酒吞童子。毎朝ここで朝食とっていくの、やめてくれる？」

「そうだよお父さん。少しは僕らに二人きりになる時間をくれてもいいと思うけど」

「誰がお父さんだ！ なに、どのみちパトロールでこの辺りを通過するんだ、立ち寄って顔を見るくらいいいだろう」

酒吞童子はそううそぶくと、白露のお皿にあったクロワッサンを勝手についばんだ。

白露を取り戻し、茨木童子が月桂冠《げっけいかん》によって作り出した月を消してから、既に一週間が経つ。

やはり月桂冠《げっけいかん》の月のせいで、人間社会とのモノレールが不通になっていたようで、月がなくなった途端、モノレールが動くようになった。急いで帰っていく人間も多いらしいが、春龍街《しゅんりゅうがい》にそのまま居ついてしまう人も多いんだそうだ。

私も、その一人。

勤めていた会社には辞表を出した。

働かざる者食うべからず。私は住み込みで、白露の美術商を本格的に手伝うことになった。看板に『麒麟眼《きりんがん》が鑑定します』と書いたので、お客さんも増えるだろうねと白露は言っていた。

――実を言うと、最初は他のアルバイトを探そうと思っていたのだ。春龍街《しゅんりゅうがい》のことをもっとよく知るための、いわば社会勉強として。

けれど意外なことに、白露がそれにかなりの難色を示したのだ。子どもみたいに「僕の所で働けばいいだろう、どうしてわざわざ他の面接なんて受けるんだ」と駄々をこね、佐那と私を呆《あき》れさせた。

白露の独占欲を感じて嬉しかった、というのは、白露にしか言えない秘密だ。

春龍街《しゅんりゅうがい》を始めとして、この世界を守る役目を与えられたという酒呑童子と茨木童子。茨木童子の方は、あやかしを狂わせる月を作ったかどで、上層部と呼ばれるあやかしたちに捕らえられている。

もっとも、夜な夜なそこを抜け出して酒呑童子に会いに来ているらしい。またおかしなことをやりかねないので、注意が必要だ。

そして酒呑童子だが、彼は自らの復活を春龍街《しゅんりゅうがい》に宣言した。

麒麟眼《きりんがん》を私に譲り、フクロウの体に入りきるほどの魂《たましい》になったとしても、春龍街《しゅんりゅうがい》という未来の自分の狩場を守るという信念は捨てきれなかったらしい。

実際、殺されてから、こうして名乗りを上げるまでの十八年間、地道に春龍街《しゅんりゅうがい》のパトロールはしていたらしい。

麒麟眼《きりんがん》を持っていた名残《なごり》か、他のあやかしよりよく目が見えるからと言っていたが、真面目なのか不真面目なのかよく分からないあやかしである。

私としても、麒麟眼《きりんがん》を使いこなすために、酒呑童子の教えを乞《こ》う必要があったから、彼の復活を歓迎するにやぶさかではない。

事あるごとに父親面《づら》をして、お父さんと呼ばせようとしてくるのだけは頂けないが。

酒呑童子は羽を震わせて、クロワッサンのかけらを体から払い落とした。

「さて、俺はそろそろ行くぞ。ちづる、次こそはお父さんと呼んでもらうからな！」

「はいはい」

酒呑童子は翼の音も高らかに、春龍街《しゅんりゅうがい》の空へと飛び立っていった。

「お父さんって呼んであげればいいのに」

「あいつが私に麒麟眼《きりんがん》を与えて放置した事実がある以上、そう簡単には呼べないよ」

「そっか。まあ、その分僕が彼をお父さんって呼んでるから、いいよね」

「いや、何もよくはないと思うけど……お母さんが死んだ後、天涯孤独だと思ってたから、家族がまたできたのは嬉しい。だけど、それと酒呑童子をお父さんって呼ぶのはまた別の話」

「頑《かたく》なだねえ」

「腹立つんだもん。最初から自分が私の父親だって言えばいいのに、変に隠すから、小春さんの前で親子喧嘩する羽目になっちゃったし」

そうだ、小春さんといえば。

「今度お礼に行かないと。白露を救い出せたことはもう伝えたけど、顔見てちゃんとお礼を言いたいんだ。私を背負ってあの急な背骨山を登ってくれたわけだし。あっ、あと地図屋のマーヤさんにも、地図代を払わなきゃ！」

「わお、やることが山積みだ。地図屋は見つけるのが大変だからいったん置いておくとして、まずは小春さんだね。犬神族へのお礼は何がいいんだろう」

お肉かな、いや意外と良質なお酒かもしれない、などとアイディアを出しながら、白露の顔を眺める。こうしてまた一緒に朝食を取れる喜びを噛み締めていると、白露は居心地が悪そうに椅子に座り直した。

「……そう見られると、照れるんだけど？」

「照れてよ。そういう顔も見たい」

なのに、白露は照れ顔ではなく、拗《す》ねたような顔をした。

「そういうかっこいいことは僕に言わせてよ。なんでちづるが先に言っちゃうの」

「早い者勝ちですー」

にやにや笑いながらテーブルの下で白露の足を小突くと、白露はむっとしたような表情を浮かべた。けれどそれはすぐに、柔らかな笑みに変わる。

「まあ、これからいくらでも言う機会はあるからね。首を洗って待ってなよ、ちづる」

言い回しは少々頂けないが、白露が口にした『これから』という言葉に胸が躍った。鵺《ぬえ》だからと、独りを選ぶのはもうやめたようだ。

彼のこれからは、当分私のもの。そう思うと鼻歌を歌いたくなってくる。

「後悔してももう遅い。鵺《ぬえ》をたぶらかした責任は取ってもらうからね？」

「そっちこそ、麒麟眼《きりんがん》を持つ女の厄介さに逃げ出さないといいけど」

「逃げないよ。君が嫌だと言っても、もう離さないからね」

さらりと言われた言葉には、今まで感じたことのない白露の強い執着心が込められていて、顔が赤くなりそうになった。

慌てて顔を逸らすけど、白露が勝ち誇ったように笑っているから、ここは私の負けみたいだ。

こんな風に、些細《ささい》な日常を白露と共に積み重ねていくのだろう。それは泣きたくなるほど幸せなことのように思えた。

麒麟眼《きりんがん》が嫌いだった。正確に言えば、今も好きではない。酒呑童子に返せるものなら、のしをつけて返したいくらいだ。

だけど、麒麟眼《きりんがん》があったから白露と出会えたし、白露を救えた。それに、あやかしたちの助けになれることを知った。

そして、自分の孤独を半分預ける代わりに、相手の孤独を半分引き受けることの幸福を知った。

新しく背負い込んだ責任もあるけれど、得たものの方が多い。それはつい二か月前までの自分は想像もしていなかったことで、だからこそ、これからどうなってゆくのか楽しみでもあり不安でもある。

麒麟眼《きりんがん》が唯一見通せない未来が、一体どんなものなのか想像もつかない。

でもきっと、この先何があっても白露と共にいれば乗り越えられるんじゃないかと、楽観的に思っていた。

私の麒麟眼《きりんがん》には、柔和な笑みを浮かべている白露の姿が映っている。

風は優しく、街の喧騒《けんそう》は遠く、私は何かに守られているような安心感の中にいた。

この時間がずっと続けばいいと思いながら、私はコーヒーのお代わりをカップに注《つ》いだ。

覚悟しておいて、
俺の花嫁殿——

就職予定だった会社が潰れ、職なし家なしになってしまった紗和《さわ》。人生のどん底にいたところを助けてくれたのは、壮絶な色気を放つあやかしの男。常磐《ときわ》と名乗った彼は言った、「俺の大事な花嫁」と。なんと紗和は、幼い頃に彼と結婚の約束をしていたらしい！　突然のことに戸惑う紗和をよそに、常盤が営むお宿で仮花嫁として過ごしながら、彼に嫁入りするかを考えることになって……？　トキメキ全開のあやかしファンタジー!!

Illustration：桜花舞

定価：726円（10%税込み）　ISBN 978-4-434-32929-6

瀬戸呼春
隠《かく》し世《よ》あやかし
結婚事情
私の夫は魅惑のたぬたぬ
新婚生活は、ふわもふ天国!!!

会社帰りに迷子の子だぬきを助けた縁で、“隠り世”のあやかし狸塚永之丞と結婚したOLの千登世。彼の正体は絶対に秘密だけれど、優しく愛情深い旦那さまと、魅惑のふわふわもふもふな尻尾に癒される新婚生活は、想像以上に幸せいっぱい。ところがある日、「先輩からたぬきの匂いがぷんぷんするんです!」と、突然後輩から詰め寄られて!? あやかし×人――異種族新米夫婦の、ほっこり秘密の結婚譚!

隠り世あやかし
結婚事情
新婚生活は
ふわもふ
天国!!!

◉定価：726円（10%税込）　◉ISBN:978-4-434-32627-1

◉Illustration：早瀬ジュン

この作品に対する皆様のご意見・ご感想をお待ちしております。

おハガキ・お手紙は以下の宛先にお送りください。

【宛先】

〒150-6008 東京都渋谷区恵比寿4-20-3 恵比寿ｶﾞｰﾃﾞﾝﾌﾟﾚｲｽﾀﾜｰ 8F
（株）アルファポリス　書籍感想係

メールフォームでのご意見・ご感想は右のＱＲコードから、
あるいは以下のワードで検索をかけてください。

アルファポリス　書籍の感想　検索

ご感想はこちらから

アルファポリス文庫

春龍街《しゅんりゅうがい》のあやかし謎解《なぞと》き美術商《びじゅつしょう》

謎《なぞ》が解《と》けない店主《てんしゅ》の臨時《りんじ》助手《じょしゅ》始《はじ》めました

雨宮いろり（あめみや いろり）

2023年 11月 25日初版発行

編　集－本山由美・森 順子
編集長－倉持真理
発行者－梶本雄介
発行所－株式会社アルファポリス
〒150-6008 東京都渋谷区恵比寿4-20-3 恵比寿ｶﾞｰﾃﾞﾝﾌﾟﾚｲｽﾀﾜｰ8F
TEL 03-6277-1601（営業）　03-6277-1602（編集）
URL https://www.alphapolis.co.jp/
発売元－株式会社星雲社（共同出版社・流通責任出版社）
〒112-0005 東京都文京区水道1-3-30
TEL 03-3868-3275
装丁イラスト－安野メイジ
装丁デザイン－AFTERGLOW
印刷－中央精版印刷株式会社

価格はカバーに表示されてあります。

落丁乱丁の場合はアルファポリスまでご連絡ください。

送料は小社負担でお取り替えします。


ISBN978-4-434-32926-5 C0193